AMARANTINA E OUTRAS HISTÓRIAS

ERIK HOFSTATTER

Tradução por
SANDRO GUIMARÃES

TABELA DE CONTEÚDOS

PARA AKONA

A BANHEIRA DO PARTO

Sean tirou um único fio de cabelo encrespado e avermelhado do ombro e acariciou-o entre os seus dedos enrugados. Os azulejos do banheiro eram decorados com rachaduras encardidas. Ele prendeu o cabelo no azulejo, próximo aos outros. Inclinando a cabeça, ele estudava as formas com tristeza nos olhos. Parecia que os cabelos entrelaçados formavam um misterioso mapa. *Um mapa para uma vida melhor*, desejava ele. Os cabelos não pertenciam a ele, mas espreitavam por toda a casa, as vezes nos lugares mais improváveis. Presentes de despedida da Magda. Há quanto tempo ela se foi? Meses? Anos? O Sean mal conseguia se lembrar. Ela tinha roubado o seu raciocínio, assim como o seu coração. Nada mais fazia sentido. A partida dela criou um vazio. A alegria de viver evaporou-se juntamente com ela. O tempo deixou de existir. Sean inalou e submergiu sua cabeça, banhando-se na serenidade do silêncio subaquático. Isso trouxe a ele uma paz temporária. Ele pensou em Eli e em como ele nasceu nesta mesma banheira. Testemunhar o seu nascimento foi um dos dias mais felizes da vida de Sean. Ele tinha que permanecer forte, se não por ele mesmo, então por Eli. Enquanto ele tivesse Eli, ele encontraria forças para continuar a viver.

Ele saiu do banho e pegou uma toalha manchada. Cheirava a negligência — poeira e mofo. Sean não se lembrava da última vez que a trocou. Mais um dos cabelos da Magda estava enrolado no pulso dele como uma jiboia. *Você sempre foi uma cobra*, pensou Sean, desembrulhando o cruel lembrete e jogando-o descarga abaixo—se ao menos ele conseguisse jogar os seus sentimentos juntos. Ele teve um vislumbre do seu reflexo esquelético no espelho turvo, resistindo à vontade de limpá-lo e revelar todo o horror do seu corpo anoréxico. Não, ele já aceitou a sua aparência de Auschwitz. Não há necessidade de se atormentar mais. Não havia nada que ele pudesse fazer. Sean tinha um apetite bestial, e mesmo assim os nutrientes consumidos simplesmente desapareceram. Magda costumava invejar o seu rápido metabolismo. "Qual é o seu segredo? Você consegue comer o que quiser sem ganhar um quilo!" Disse ela.

Corpo secado, ele colocou um roupão. Uma mariposa assustada voou para fora da roupa. Sean bateu palmas, aniquilando o inseto com reflexos felinos. *Maldito! Vou te ensinar a comer o material do meu roupão!* Ele lavou as palmas das mãos, observando o pó dourado se dissipando na pia. Entrando na pequena cozinha, ele tirou os peitos de frango do congelador. Que dia era? Terça-feira. Não, quinta-feira! Não importava para o Sean. A vida dele tinha se tornado uma rotina. A rotina era importante. Depois do abandono da Magda, a rotina o manteve são. O micro-ondas quebrou no mês passado. Ele se deu conta de quanto tempo tinha passado desde a última vez que se tinha aventurado lá fora. *Merda, já passou tanto tempo assim?* O Sean aceitou um pacote de despedimento voluntário que a empresa lhe ofereceu. Pagou o aluguel com vários meses de antecedência e se abasteceu de comida. Frango congelado, arroz, feijão, esparguete, atum, várias sopas — alimentos enlatados principalmente. Demitir-se do seu emprego parecia irrelevante. A sua vida tinha-se transformado num jogo de dominó desde que a Magda o deixou.

Ela era a ponta do iceberg. Ela foi a avalanche que enterrou a sua existência. Agora ele tinha que se desenterrar da neve. Pelo menos ele tinha o Eli. O leal Eli. Ele nunca o abandonaria.

Ele cortou através do saco. A faca era cega. O Sean percebeu que teria sido mais fácil rasgar o saco com os dedos. Finamente prevalecendo, ele removeu um pedaço de frango. Ainda parecia sólido, mesmo depois de o deixar na pia para descongelar durante quinze minutos. *Ah, bem... A maldita coisa vai descongelar quando estiver cozinhando*, pensou ele. Em breve, o ar da cozinha tinha um cheiro de cebola frita. O Sean a misturou e voltou a dar atenção para a carne congelada. Ele pegou uma faca mais afiada e começou a cortar o seu jantar em pequenos quadrados, apoiando-se na lâmina com cada grama do seu peso insignificante. A cebola fez os olhos dele lacrimejar. Por que é que ele ainda se importava com aquela merda? Será que ele se importava com o gosto? Todos os acompanhamentos e os temperos exóticos? Não. A vida dele agora era por sobrevivência. Fodam-se os temperos. Mas depois ele se lembrou porque é que ainda fritava a cebola. Porque a Magda lhe disse isso. "Todos os pratos deliciosos começam com cebolas fritas. Essa é a base", explicou ela. As suas criações polonesas faziam ele muitas vezes salivar. Sean não discutia com o seu raciocínio culinário. Agora ele sentia vontade de jogar a mistura marrom no lixo. A panela oriental tremia em suas mãos. Não, fritar a cebola fazia parte da rotina. Ele deve manter a rotina.

Desde a turbulenta separação, Sean devorava uma refeição idêntica todas as noites. Peito de frango com arroz integral. Se ele se sentia corajoso o suficiente, arriscava um pouco de mel ou mostarda para enriquecer o prato. Não esta noite. Ele olhou para dentro da panela oriental, mexendo a mistura de forma distraída. Quanto tempo o frango esteve cozinhando? Cinco minutos? Dez? Sem um relógio na cozinha, ele não sabia dizer. Ele também não se importava. Intoxicação alimentar era a menor das suas preocupações. A Magda o tinha deixado. Isso era o que importava. O Sean cutucou o frango com uma colher de pau. A textura parecia emborrachada. *Talvez mais um minuto ou dois*, pensou ele. Gotas de óleo quente batiam nos nós dos dedos, resultado de uma mistura muito vigorosa. "Porra!" gritou ele em voz alta, sacudindo a mão pelo ar. O arroz ferveu. Ele removeu o saco de plástico com um garfo, deixando o excesso de água pingar na pia. Satisfeito, ele esvaziou o conteúdo no seu prato. Sean deu à carne uma misturada final e a raspou em cima do arroz.

O frango estava mal passado. Sean mastigou a comida sem sabor de um lado para o outro na boca, resistindo à vontade de cuspir. *Tem que manter as forças. É uma questão de sobrevivência. A dor vai desaparecer. Você tem que comer*, ele encorajou a si próprio. Sean dividiu o próximo pedaço ao meio com o seu garfo. Os tons de rosa eram inegáveis. Ele continuou mastigando. Era tudo rotina, até a carne malcozinhada. Todas as noites ele tentava preparar bem o frango, todas as noites ele falhava. "Você é um fracasso!" A Magda disse para ele. Mais do que uma vez. A resposta dele permaneceu a mesma. "Só aos seus olhos."

"Só aos seus olhos", ele murmurou novamente. Ela muitas vezes sorria com deboche. Ele odiava a porra daquele sorriso. Irritava ele mais do que palavras. O desprezo nos lábios dela. A superioridade nos olhos dela. A astúcia dela tinha o assustado desde o início. Também servia como um ímã. A inteligência da Magda era uma qualidade atraente que ele não conseguia resistir.

"Sai da merda da minha cabeça!" ele rugiu.

Ele precisava de uma distração. Ele precisava do Eli. Ele podia sempre falar com o Eli. O Eli possuía a capacidade de banir estas emoções indesejadas. Depois do jantar, Sean serviu-se um generoso copo de uísque e colapsou em sua poltrona de couro. A poltrona era o seu trono — seu santuário. Proporcionava a ele uma sensação de invencibilidade.

Quando ele presidia em sua cadeira, nem mesmo Magda podia desafiar a sua autoridade. Ele cheirou o couro antes de se inclinar em direção ao aquário — batendo com a unha no vidro e dirigindo-se à coisa flutuante dentro dele.

"Eu amo você, Eli. É o meu último amigo nesse planeta condenado. Como é que eu lidaria sem você?"

O corpo segmentado da criatura parecia sem vida.

Aninhava-se no fundo do aquário, branco e plano. Ele se maravilhava com o grande comprimento. Eli media pelo menos três metros e meio. Sean leu que eles se desenvolviam em um ritmo rápido. Certos artigos até diziam que cresciam 1 cm a cada hora. Quando Sean deu à luz a ele na banheira, Eli já estava em um tamanho impressionante. Ele saudou a sua prole e engoliu o líquido âmbar. Sean relaxou em seu assento e se lembrou daquele dia glorioso. Seus olhos permaneciam sobre os espaços vazios que ela uma vez ocupou. De repente, ele se sentiu sujo. Do sexo furioso, sem dúvida. Magda sugeriu. "Está afim de um sexo de término? Sem compromissos?", disse ela. Sempre a tentadora. Ela gostava de o torturar, brincando com os sentimentos dele até o amargo fim. Ele acenou com a cabeça, intrigado com a proposta luxuriosa.

O Sean baixou as calças, já ereto. Magda aproximou-se dele, levantando a saia. A ausência de roupa íntima sugeriu que ela planejou isso com antecedência — até antecipando a resposta dele. Ela não o beijou. Em vez disso, ela pegou no pau dele e se empalou na sua ereção. A súbita penetração arrancou o seu fôlego. Ele experimentou um novo sentimento e então — um sentimento de violação. Por que ela estava fazendo isso com ele? Por que o tratamento lascivo? Ela montava nele com o ódio saindo dos olhos. O coração dele doía com cada impulso dos quadris dela. Depois do coito de despedida, a Magda levantou-se do colo dele e saiu da sala. Nenhuma palavra foi dita. Não eram necessárias palavras. Ela bateu a porta atrás dela, desaparecendo da vida dele para sempre — em busca de sua própria sorte. O que ela estava procurando exatamente? O Sean não sabia. Ele só achou que a Magda procurava algo mais, algo que ele não podia fornecer.

Sean deitou na banheira, esfregando seu corpo esquelético, lavando o cheiro da Magda com força desnecessária. A escova gravou na sua pele crua, deixando vestígios de linhas carmesim. E então aconteceu. O estômago dele apertou. A dor excruciante o deixou paralisado. *Aquele maldito frango*, pensou ele, segurando a barriga. Ele queria saltar da banheira e correr para a privada ao lado, mas o Sean não conseguia endireitar o corpo. Linhas de suor se formavam na testa dele. Queixo fechado, ele lutou até ao fim. Tudo em vão. Ele fechou os olhos e soltou. Sean ouviu bolhas subindo de baixo da água. Ele sentiu o estômago esvaziar. O canto da boca dele torceu-se num sorriso de alívio. Tinha acabado.

E então o cheiro de fezes poluiu o ar. Cheirava como um cadáver deixado a apodrecer ao sol do Saara. Não, cheirava muito pior. Os olhos do Sean se abriram por completo. Ele foi banhado por um rio castanho de diarreia. Regurgitando, ele apertou o nariz. Algo mais flutuou na banheira com ele. Ele se reorientou e fixou os olhos no intruso. A coisa estava enrolada em volta de um pedaço de merda. Sean hesitou antes de pegar naquilo com repulsa total. Ele o separou dos seus excrementos, as fezes líquidas escorregando pelo seu pulso. A coisa era longa e fina, como um esparguete, exceto pela cor. Era branco puro. Aquilo se agitou e se enrolou em volta do dedo indicador do Sean. Ele pestanejou, virando a mão de um lado para o outro, observando a criatura que acabou de nadar para fora do seu cu.

"Você não é uma beleza? Vou chamar-te Eli", disse ele à coisa.

Sean desocupou o aquário despejando o peixinho dourado da Magda pela privada. O Eli precisava de um novo lar. Ele carregou gentilmente o parasita e o deixou cair na água. Se afundou até ao fundo. Parecia que foi há muito tempo.

O Sean esfregou a cadeira, a sua mente viajando nas memórias. Ele tentou banir a dor criada pela traição da Magda. O passado já não importava. Ele tinha que se concentrar no momento e viver no presente. Concentrar-se no Eli. Nutrir e tomar conta dele. A Magda não merecia o seu amor, mas o Eli sim.

"Você lembra de quando nasceu? Que belo dia foi. A minha amada Magda pode ter partido, mas você sempre será meu filho. Nunca se esqueça disso."

Um sorriso orgulhoso espalhado por suas feições enquanto olhava para Eli, flutuando na água. Ele produziu outra vida. Aquilo *Saiu* dele. Eli era muito mais que um verme intestinal, ele era filho do Sean. O estômago dele ficou novamente apertado, a dor espalhando-se pelo intestino, as tênias o incapacitando lentamente. Sean ergueu-se da cadeira, como um pensionista. Ele tocou no vidro do aquário.

"Espero que esteja pronto, Eli. Quando eu voltar, posso ter um irmãozinho para você", disse ele, indo em direção ao banheiro.

A EQUAÇÃO DE TRISTAN

Os olhos de Tristan se fecharam.

Suas palmas das mãos húmidas cobriram as orelhas - antecipando o terrível anúncio. A cada três minutos, nas últimas quatro horas, o rádio transistor localizado na prateleira superior (e fora do seu curto alcance) emitia uma sequência de números. Uma sequência que ele detestava - uma sequência que o levava à loucura.

O alto-falante cacofônico se agitou e uma voz trovejante proclamou os seguintes dígitos:

(15,5,8, 9 − 10)

Tristan pressionou com mais força os ouvidos. O silêncio dominava tudo. A transmissão tinha acabado pelos próximos três minutos. Tristan, de oito anos, andava em volta da sala branca.

Por que estão repetindo esses números? O que eles significam? Por que estou aqui? O que eles querem que eu faça?

Ele se aproximou da mesa de mogno, coberta com todo tipo de equações e cálculos matemáticos. Ele pegou um dos papéis e voltou a olhar para ele. Mostrava o seguinte diagrama:

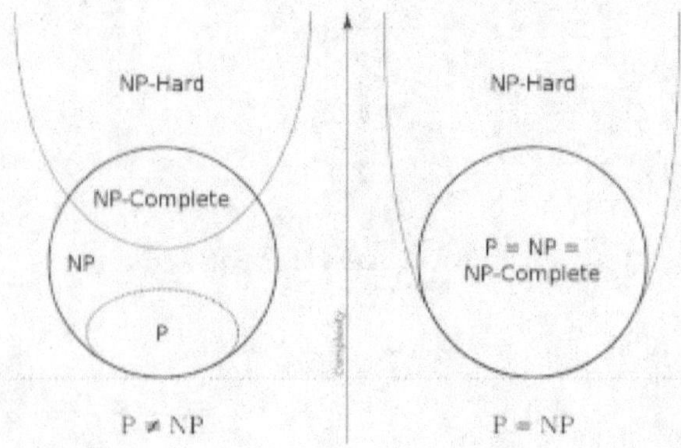

Tristan piscou os olhos, tentando focar de novo. O desenho não fazia sentido, não importava o tempo ou a força com que ele olhava para isso. A voz estrita se repetia novamente:

(15,5,8, 9 – 10)

Não! Por favor, chega...

Tristan começou a chorar.

Cadê a minha mãe? Cadê o meu pai? Por que estou aqui sozinho?

Ele tentou olhar para o espelho circular na parede leste, mas o espelho se elevava sobre ele e ele não conseguia se ver.

Frustrado, ele puxou uma cadeira da mesa e subiu nela — contemplando o seu próprio reflexo no espelho. As pontas dos seus dedos traçavam a cicatriz alongada no topo do seu couro cabeludo.

Não me lembro como consegui isso...

O tecido da cicatriz era calejado, uma lesão sofrida há muito tempo. Ele saltou da cadeira e olhou para a lâmpada, pendurada no teto. Ela se despedaçou violentamente — os estilhaços errando seu olho esquerdo por um centímetro. Tristan foi encoberto pela escuridão.

Ele rastejou para debaixo da mesa, chorando e abraçando os joelhos. O alto-falante agitou mais uma vez, os sinais eletromagnéticos ecoando pela sala:

(15,5,8, 9 – 10)

Tristan se sentiu consumido pelas ondas invisíveis. O som na escuridão o aterrorizava ainda mais. Ele repetiu a sequência em sua cabeça, uma tentativa fraca de decifrar o significado oculto dos números. Ele era bom com os números. Seus pais disseram isso.

"Você é um rapaz muito especial", a mãe dele o lembrava com frequência.

Tristan enxugou as lágrimas dos seus olhos e inalou. Não, a sequência não tinha sentido. Mas e se não for sobre os números em si?

E se houver mais alguma coisa, escondida nas ondas mecânicas? Um código? Um sinal? Será que ouvi um sinal sonoro atrás daquela voz? Soou como um código Morse? Mas de quem? Quem está transmitindo esses números e por quê?

Todas estas perguntas turvavam a sua capacidade de concentração e ele estremeceu de desespero. Seus olhos se ajustaram lentamente à escuridão e ele viu uma sombra de passos na fenda debaixo da porta.

Eles abriram. Tristan levantou o braço, protegendo seus olhos da luz cruel.

"Tristan"? Onde você está?"

O rapaz hesitou. Ele não reconheceu a voz. Mas então, incapaz de se esconder com medo — ele rastejou para a frente, soluçando e tremendo.

"Oh, meu Deus! O que está fazendo debaixo da mesa? Por que isso não está funcionando?" Perguntou o homem, mexendo no interruptor de luz para cima e para baixo.

Tristan correu na sua direção, lágrimas escorrendo pelas bochechas mais uma vez. Ele abraçou o homem, enterrando o rosto no seu casaco branco — sem se importar que ele fosse um estranho.

"Pronto, pronto, não há necessidade de chorar. Vejo que a lâmpada explodiu", disse o Dr. Guttridge, dando tapinhas na cabeça de Tristan. "Sinto muito, Tristan. A enfermeira Patel deveria te checar a cada hora, mas é óbvio que ela se esqueceu."

A transmissão começou mais uma vez:

(15,5,8, 9 – 10)

O Dr. Guttridge foi até ao pequeno rádio, desligando-o.

"O que significam esses números? Quem é você? Por que estou aqui?" perguntou Tristan.

Dr. Guttridge apertou o ombro do garoto. "Sinto muito, Tristan. Como já expliquei, a enfermeira Patel foi instruída a ficar de olho em você a cada hora mais ou menos, para responder a qualquer pergunta e lembra-lo da sua tarefa."

"A minha tarefa?"

Dr. Guttridge fez um gesto em direção à cadeira e o Tristan sentou-se.

"A sua tarefa, Tristan, era resolver o problema P versus NP — um problema não resolvido na ciência da computação. Você é um rapaz muito especial, Tristan. O seu QI é 138 e é um matemático brilhante, por isso os seus pais decidiram que você devia tentar resolvê-lo."

"Por quê?"

"O problema não resolvido tem um preço de $1.000.000 a quem o desvendar. Eu imagino que isso motivou seus pais", disse o Dr. Guttridge.

Tristan não percebeu o sarcasmo do médico.

"Mas por que é que eu não me lembro de nada disso?"

"Bem, entenda, você sofreu uma lesão traumatizante quando era um bebê — logo a cicatriz na sua cabeça. É por causa dessa lesão, que você perdeu a capacidade de criar novas memórias. A condição chama-se *Amnésia Anterógrada*."

Tristan sentou-se em silêncio, com a boca parcialmente aberta.

"Onde estão os meus pais?"

"Eles estão à sua espera no corredor."

O rapaz começou a caminhar em direção à porta e o médico colocou um braço em volta do seu ombro.

"Eu falhei", Tristan confessou com a cabeça curvada.

O Dr. Guttridge sorriu de volta. "Não se preocupe, Tristan. O problema P versus NP é um dos *sete* problemas do Prémio Millennium. Há sempre os outros seis."

Os olhos de Tristan se abriram e ele examinou o reflexo enrugado olhando para ele o espelho. Ele não precisava mais de uma cadeira para subir.

AMARANTINO

"**O** seu livro estará pronto para recolher na próxima semana", informei o Sr. Johnson, um dos meus novos clientes. Ele era um homem mais velho, talvez na casa dos sessenta anos, mas parecia alguém que tinha muito orgulho em sua aparência.

"Não pode ser feito mais cedo?" Ele franziu o olho e me perfurou com um olhar afiado.

Eu abanei a cabeça em derrota, "por favor, você deve entender que esse é um pedido personalizado delicado e atenção especial aos detalhes é necessária...".

"Muito bem, me ligue quando estiver feito!" O Sr. Johnson ladrou e marchou para fora da minha loja.

Ah sim, o meu empório de curiosidades estranhas. Herdei do meu pai, que foi um encadernador de livros durante a maior parte da sua vida. Em seus anos de declínio, ele abriu uma pequena livraria própria, mas infelizmente não viveu o tempo suficiente para vê-la prosperar. Um ataque cardíaco o matou seis meses depois. Ele foi rapidamente cremado e eu exibi a urna na loja para manter a sua memória viva. Tentei o meu melhor para manter o negócio, mas não há muita esperança para livrarias independentes ou homens de negócios novatos hoje em dia. A loja estava perdendo dinheiro rapidamente e eu sabia que era necessária uma mudança drástica.

Eu sentia falta do meu pai e desejava diariamente que ele ainda estivesse vivo, ao menos para me oferecer orientação. Não queria desapontar ele ao falir a loja na qual ele tinha trabalhado tanto para manter. Eu tinha que fazer algo... inovador.

A campainha acima da porta tocou e uma nova figura se aproximou da recepção — uma mulher magricela de cabelo preto, pele pálida e batom vermelho cereja. "Espero que tenha recebido meu e-mail", ela começou com um sotaque estrangeiro.

"De fato, eu recebi, você deve ser a Sra. Muller", eu respondi enquanto paginava os conteúdos no meu monitor.

A mulher revelou um sorriso de dentes tortos.

"Isso mesmo, eu te trouxe os materiais que pediu", disse ela e me entregou um saco de plástico manchado de sangue.

Olhei para o saco, ligeiramente surpreendido com a má apresentação e a total falta de cuidado.

"Bem, obrigado. Como sabe, esse é um pedido especial personalizado e devido ao nosso recente agitado calendário — o seu pedido vai demorar várias semanas."

Ao contrário do Sr. Johnson, a Sra. Muller parecia satisfeita com o tempo de espera.

"Isso é perfeitamente compreensível", disse ela e retirou os óculos escuros, "pois você é o único especialista na área. Eu vou entrar em contato."

Ela partiu e eu fiquei feliz em vê-la partir, pois sua

presença gótica tinha criado um certo sentimento de melancolia na loja.

Eu peguei no saco plástico e amarrei uma etiqueta em volta dele com o nome da Sra. Muller.

Onde é que eu estava? Oh, sim! Eu tinha que fazer algo inovador para reverter a minha sorte. O tormento da morte do meu pai me deu inspiração para a expansão do meu novo negócio. Eu queria mantê-lo sempre comigo, mas as cinzas dele não eram suficientes...

E se a cremação não fosse o único método de manter seus entes queridos com você? E se você pudesse realmente manter um *pedaço* deles? Um símbolo eterno que você pudesse tocar e *sentir*...

Nasceu uma nova ideia, e meu Senhor, como os clientes entraram!

Claro que oficialmente, eu era apenas um dono de loja comum e tinha que manter as aparências legítimas, mas em um mercado negro, nos bastidores eu era uma celebridade e tanto pelos meus serviços únicos.

A técnica em si foi popular no século XVI e eu estava determinado a reavivar a tendência, já que a encadernação de livros era comum na família. Bibliopegia antropodérmica, ou a prática de encadernação de livros em pele humana era o meu forte e te garanto — a prática está em alta demanda...até hoje.

O PEREGRINO ERRANTE

Os seus olhos límpidos de cristal penetraram nos dela. Alexandra sentou-se num sofá de mogno, com as mãos dobradas no seu colo, hipnotizada pelo olhar dele. Sem se preocupar, ela se levantou para sair de seu vestido de seda, a voz melódica dele ordenando isso. Uma língua molhada deslizava sobre o seu mamilo semiereto. O vagante misterioso proferia palavras de instrução enquanto ela obedecia, enfeitiçada.

A sua voz apaixonada, penetrava cada pensamento. Sob a sua túnica escura, o monge acariciava o seu membro, sentindo o crescer na sua palma calejada. A chama da vela balançava com o seu gemido rítmico. Seu estado mental alterado, ela registrou os olhos inflexíveis do místico enquanto bebiam da carne exposta dela. Logo, seu vulcão irrompeu com gotas ardentes chegando até os seios dela.

Assim ela se sentou, com os olhos bem abertos e a língua em silêncio. Grigori limpou a desleixada e branca explosão com a sua túnica suja — o seu olhar diabólico sondando a sua alma. Ele estalou seus dedos. Um sorriso satisfeito se estendia sobre o seu rosto barbado. Alexandra, a última Czarina da Rússia, acordou da hipnose. Ela pestanejou e depois se espantou, chocada com a visão da sua própria nudez.

"O que você fez comigo?", perguntou ela.

Suas pupilas se dilataram enquanto ele se afastava da luz da vela e se aproximava do rosto dela. Ajoelhado, o monge louco agarrou os joelhos trêmulos dela. "Minha filha, aqueles que deliberadamente fornicam e se arrependem amargamente estarão mais próximos de Deus", respondeu ele.

O FIM PROFUNDO

Ela pisava na água no fundo, observando pirralhos gritando com desgosto silencioso. Eles circulavam a piscina, empurrando, salpicando e causando furdunço. Os olhos de Eva permaneciam sobre Sophie. Ela nadou sozinha no canto abandonado da piscina rasa, mergulhando a cabeça sob a água e emergindo novamente após vários segundos como um filhote de foca.

Eva esfregou a testa, culpando a enxaqueca na água com excesso de cloro. Ela desprezava a natação. Apenas Toby, o carismático jovem salva-vidas com quem ela tinha amizade, fazia chatice semanal valer a pena. Ele agora patrulhava o outro lado da piscina, com os olhos em alerta e pronto para a ação. Ela admirava seus músculos trapézios, estourando de sua camiseta de aureolina e suas coxas masculinas, escondidas sob os calções escarlate.

Para saciar sua luxúria, ela afundou abaixo da superfície como uma âncora, sentindo o aumento da pressão enquanto seus pés batiam contra o fundo da piscina. Eva abriu os olhos debaixo de água, se banhando no feliz silêncio, observando as silhuetas das crianças chutando mas não gritando mais. A água afogou suas vozes.

Um dos ralos chamou sua atenção. Um longo tufo de cabelo preto, muito parecido com o dela, flutuava do buraco minúsculo. Os dedos dela esticavam em direção ao filamento emaranhado, mas ela não conseguia mais manter a respiração.

Quando a cabeça dela apareceu, o Toby, com cara de bebê, encarou ela. A cor da piscina combinava com os olhos dele e ela se perguntava como seria se ela pudesse tomar banho neles, nadar neles, todos os dias.

"Não devia estar vigiando a Sophie em vez de explorar o fundo da nossa piscina?" Ele perguntou, agachado e rindo.

Eva descansou os cotovelos na beira da piscina.

"Por que preciso vigiar ela quando você está aqui?" Disse ela, produzindo o seu sorriso mais sedutor.

Ele timidamente desviou o olhar. O sotaque sexy e melódico de Eva causou a vergonha em vez do sorriso dela, o que ele também achou agradável. "Você não é muito apaixonado pelo seu trabalho, não é?"

"Sinceramente? Não, não sou. Eu só me candidatei para ser uma *Au Pair* porque queria experimentar uma cultura diferente", disse Eva, encolhendo os ombros, "a Bulgária é uma nação tão atrasada, cheia de simplórios e eu sempre sonhei em visitar países sofisticados como a Inglaterra ou a América. É claro que venho de uma família pobre então meus pais nunca poderiam financiar minha viagem. Uma amiga minha recomendou uma agência estudantil especializada em colocar jovens meninas em famílias no exterior, para ajudá-las com o cuidado de crianças, fazer comida, etc. "

"Então você é basicamente uma criada?"

Eva franziu ao termo. "Detesto admitir, mas sim. A agência também não mencionou o quão essa criança ia ser mimada. As crianças inglesas são tão pouco disciplinadas. É o maior choque cultural que tive até agora, eu acho. As crianças búlgaras podem ser pobres, mas suas vidas são enriquecidas com simples felicidade e atividades, como correr em uma floresta, escalar árvores, brincar — não ficar acorrentadas em seus quartos, passando o dia inteiro no iPhone. Os pais delas estão praticamente roubando a infância delas, apoiando essa era da tecnologia de lavagem cerebral em que vivemos."

"Eu sei como é", suspirou o Toby. Cresci assim. Meus pais também são pessoas ao ar livre e a maior parte da minha infância foi passada ao ar livre, praticando esportes. Acho que depende dos pais e não das nacionalidades."

"É verdade", ela acenou, "mas Sophie *é* mimada, além disso ela me odeia bastante. Gerard, o pai dela, me disse que a mãe dela morreu de leucemia no ano passado e obviamente ele precisava de ajuda doméstica. Ele trabalha em Londres como uma espécie de executivo de vendas e quase nunca está em casa. Ele decidiu contratar uma *Au Pair* porque também queria que sua filha aprendesse sobre outras culturas. Ensinei a ela que a cidade de onde sou quase soletrava do mesmo jeito que o nome dela, *Sofia*. Ela gostou disso. Eu sabia que o trabalho implicaria cozinhar, limpar, levar e pegar a Sophie da escola — mas a maioria das pessoas nunca leem as letras pequenas, como lavar os boxers manchados de merda do Gerard."

Toby assoprou o apito dele. "Nada de correr!" Ele

gritou com os rapazes do outro lado da piscina. A demonstração de autoridade, a súbita mudança na sua voz, aquele domínio selvagem fez o coração dela saltar uma batida.

"Por que ela te odeia?" Ele retrucou, sorrindo mais uma vez.

"Bem, a minha teoria é que ela tem ciúmes da atenção que recebo do Gerard. Após a morte de sua mãe, ela se acostumou ao fato de que ela era o centro do universo dele. Ela não precisava competir pela atenção dele. Mas agora, quando ela nos vê fazendo piadas, rindo juntos — ela não gosta disso."

Eva olhou para o relógio gigante por cima da piscina. "Merda! Já é essa hora? Estamos atrasadas! Gerard vai nos buscar hoje", anunciou ela, saindo da piscina.

"Está bem, nos vemos no próximo sábado?"

Eva acenou com a cabeça, coletando Sophie e sorrindo calorosamente. "A propósito, é melhor você checar seus ralos, tem um monte de cabelo lá embaixo. "

O sotaque dela engrossou e ele não entendeu a frase inteira, mas sorriu de qualquer forma. Os olhos dele devoraram o corpo voluptuoso de Eva enquanto ela se afastava.

Como uma galinha, bicando milho do chão, Eva bicou roupas sujas de vários lugares no quarto rosa da Sophie, xingando calmamente em búlgaro. A menina observou a sua escrava, sorrindo.

"Se divertiu na natação hoje?" Eva perguntou, pegando uma meia suja.

"Não, eu não quero ir mais. A piscina me assusta. O Morgen me assusta. Ele foi mau comigo hoje por sua causa. Ele te odeia."

A temperatura tropical na sala intensificou a enxaqueca contínua de Eva. Ela se sentou na cama, ao lado da Sophie. "Quem é o Morgen? Por que ele me odiaria?"

"Ele é meu amigo e apenas odeia."

"Mas eu nunca sequer o vi!"

"Não importa. Ele te viu. E ele não gosta de você", Sophie murmurou.

"Quem é ele? Uma das outras crianças? Talvez me possa apresentar ao Morgen na próxima semana, se ele estiver lá, vou mostrar a ele o quão simpática eu sou."

"Eu não quero. Ele é assustador. Ele está sempre lá... na piscina."

"Tenho certeza que ele não é tão assustador como você imagina, Sophie. Falaremos com ele na próxima semana. Agora vai para a cama que eu vou te colocar para dormir."

Eva fechou a porta atrás dela e entrou na não tão distante sala de estar. Por que Sophie diria coisas tão horríveis para ela? O ciúme era realmente a raiz do problema? Ela procurou sua memória, mas não se lembrava de ter visto Sophie falando com alguém novo. Talvez ela tivesse perdido algo enquanto flertava com Toby?

Gerard aninhou-se no sofá, os olhos dele enfeitiçados pela televisão. Ele nem sequer percebeu a entrada da Eva na sala. Ela soube imediatamente o porquê. Uma garrafa de *Kraken*, o seu rum preto favorito, estava em cima da mesa, um quarto já consumido.

Ela ficou lá nas sombras, observando ele. Ele parecia triste. Eva presumiu que ele ainda sentia falta de sua mulher. Os seus olhos estáticos pareciam distantes, o programa era um mero ruído de fundo. Depois de um tempo, ela percebeu que era a chama dançante da vela que o hipnotizava. Ela limpou a garganta e se sentou ao lado dele.

"Eiiii! Aí está ela! Como você está? Como foi a natação?" Gerard perguntou, a voz dele enfraquecida com o licor.

"Foi bem, obrigada. Vejo que você está se divertindo sozinho", disse Eva, tentando não soar amarga. Gerard dedilhou o copo no colo. O trabalho de alta pressão, refletido nas suas muitas rugas, perturbava ela. Ela também notou que a ingestão diária de álcool dele havia aumentado.

"Como me posso divertir quando não você está aqui?" Ele retrucou, rindo e bebendo seu sedativo.

Eva tirou o copo do seu alcance. "Escute, precisamos conversar. Pode não ser o melhor momento para isso, mas eu preciso desabafar", ela iniciou, observando seus olhos lutando para se concentrar, "Sophie tem agido de forma estranha nestas últimas semanas e ela não quer mais nadar. A piscina a assusta."

"Claro que a assusta," Gerard murmurou, "ela tem nove anos de idade. Todas as crianças têm medo de água. Têm medo de se afogar."

"Bem, ela não parece ter medo de se afogar. Aparentemente, ela tem medo do Morgen."

"Morgen? Presumo que esteja se referindo a uma

das outras crianças e não ao espírito de água Galês?",
sorriu ele.

"Espírito de água"? Do que você está falando?"

"Eu costumava ler histórias para Sophie quando
ela era pequena... sobre os Morgens", ele balbuciou.
"Eles eram conhecidos por atrair homens para a morte
pela sua beleza sílfica ou com vislumbres de jardins
subaquáticos com edifícios de ouro e cristal."

"Cala a boca, Gerard. Isto é importante. Eu acho
que ela não está lidando muito bem com essa
situação, sabe, de nós estarmos juntos. Ela obviamente
ainda está chateada com a morte da Cynthia e não
está confortável com a ideia de eu substituir a mãe
dela."

"Eu sei, eu sei", disse ele, acariciando a coxa dela,
"mas estamos levando as coisas devagar, não estamos?
Quanto mais tempo estiver por perto, mais ela se
habituará à sua presença e poderá aceitar o fato de
você fazer parte dessa família."

"E se ela não se habituar? Vai me descartar como
um pedaço de lixo?" Perguntou ela, levantando as
sobrancelhas.

"Olha, é óbvio que a Sophie te ama muito e não
quer compartilhar você com mais ninguém,
especialmente comigo. Me pergunto se ela inventou
este personagem Morgen como uma forma de
expressar o seu ódio por mim. Ou talvez ela se sinta
isolada, então criou um amigo imaginário. Sophie é
uma criança muito solitária; ela não está interagindo
com as outras crianças tanto quanto ela deveria",
continuou Eva.

"Não há nada de errado com um pouco de solidão.
Eu estava isolado quando era criança e me saí bem. O
isolamento vai dar a ela uma oportunidade de ler

livros; vai ajudá-la a se concentrar em outras coisas - coisas significativas, não se descuidar lá fora e ser corrompida por pessoas de fora. Talvez ela tenha um pouco de inveja de estarmos juntos, mas ela vai superar isso em breve, você vai ver. Então Ignore", disse Gerard, acenando com a mão desdenhosamente.

Eva suspirou e cruzou os braços. Passaram seis meses desde que ela se tornou parte desta família e apenas dois meses desde que ela começou a dormir com Gerard.

Ela o amava, apesar da chocante diferença de idades. Ela preferia homens mais velhos. Eles eram mais sábios, mais acomodados e definitivamente mais habilidosos no quarto.

"Deixa eu escovar o seu cabelo", ofereceu Gerard, do nada.

Ele adorava o cabelo dela. Eles o lembraram da etérea *Rapunzel*, do conto de fadas dos irmãos Grimm. *O* cabelo *de Rapunzel* era tão comprido que ela podia enrolar um gancho ao lado da janela, deixando-o cair até o príncipe para que ele pudesse subir até a torre solitária dela, só que eles eram loiros – não pretos como os de Eva. Gerard passou a escova pela crina rica dela, cheirando um fio na mão que ainda cheirava a cloro.

"Tenho uma premonição horrível", disse Eva de repente.

"Não seja boba! Sophie gosta muito de você, assim como eu. Ela só precisa de um pouco mais de tempo para se ajustar, só isso".

Eva tentou um sorriso, mas não foi sincero. Ela sonhou o mais sombrio dos sonhos naquela noite.

Eles entraram na área de natação e os olhos de Eva imediatamente travaram no assento do salva-vidas. Não foi o Toby que se sentou nele. A decepção espalhou-se por ela como uma praga de gafanhotos. Ela agarrou a mão da Sophie na dela e caminhou em direção à piscina, evitando um bando de garotos gritando que passaram por elas.

"Estou assustada, não quero nadar hoje", disse Sophie.

"De que você tem medo? Ah sim, me lembrei," Eva bateu na testa, "tem medo do Morgen, certo? Ele está aqui hoje? Mostre-me."

Sophie curvou a cabeça, mordiscando o lábio inferior.

"Ele está sempre aqui. Escondido na piscina."

"Bem, mostre-me onde ele está escondido e falaremos com ele juntas", ofereceu Eva.

"Não, estou com medo. Ele pode te machucar."

"Eu sou uma garota grande de um país difícil, eu sei me virar", ela piscou o olho para a Sophie.

"Talvez mais tarde".

Sophie escorregou da mão dela e pulou na piscina parcialmente vazia, uma raridade numa tarde de sábado. *Tudo bem, faça do seu jeito como sempre.*

Eva observou à distância mais uma vez, deixando a garota à sua própria sorte. Ela ainda contemplava como as crianças inglesas eram mimadas e pomposas. Nada fazia o seu sangue ferver mais do que ver uma criança de sete anos fazendo birra.

Ela não tinha tido esse luxo na Bulgária. O pai dela a fez andar por toda parte quando criança, só quando as pernas dela estavam realmente cansadas é que ele a balançava nos ombros dele. Mas nada desta merda de birra. *Merda de pais e o seu egoísmo! É tudo sobre o que é conveniente para eles, não importa a criança.*

Ela começou a ficar seriamente entediada e sentia falta de paquerar o Toby. Ela sentia falta da cara de bebê e dos olhos azuis dele, do sorriso e da boa natureza dele. Eva amava Gerard, mas Toby certamente valia a pena o pecado.

Começou a ficar movimentado agora. Mais mães entraram na piscina com as suas crianças. Eva sorriu com a cena se desdobrando diante dos seus olhos. A piscina parecia uma panela gigantesca de crianças, apertadas, transbordando, gritando e assando lentamente acima das chamas, se ao menos ela pudesse ser o capeta e espetá-las com seu garfo.

"Ele quer te conhecer agora", declarou Sophie, tirando a Eva do seu devaneio.

"Desculpa, querida? Quem quer me conhecer?"

"Morgen". Ele está lá em baixo, esperando por você."

Eva seguiu o dedo dela, apontando para o fundo da piscina.

"Não tem ninguém lá, Sophie."

"Tem sim. O Morgen está lá, escondido no fundo".

"Quer que nademos até ao fundo da piscina? Isso não é uma boa ideia, querida. Você é muito jovem, pode se afogar".

"Mas ele está lá, esperando por nós!"

Eva piscou várias vezes. O que há de errado com essa criança? Ela estava enrolando-a? Tudo isso foi uma grande piada para ela? Foi o Gerard que a pôs para fazer isso? Por que ele faria isso? Se isso continuasse, ela iria sugerir a ele que a filha dele precisava ir a um psiquiatra. Isso ultrapassou o comportamento normal.

"É o seguinte," disse Eva, nivelando-se com Sophie, "você fica aqui, seja uma boa menina e eu mergulho lá em baixo e dou uma olhada, combinado?"

Sophie pensou nisso por uma fração de segundo. "Está bem, mas tome cuidado! Eu não sei o que ele quer de você."

"Não te preocupe, querida. Ele provavelmente quer me dizer em segredo como você é bonita e se ele pode ter seu número", brincou Eva, enojada com sua tentativa de bajulação. *Sim, é isso mesmo. Mima ela mais ainda. Mas eu preciso conquistá-la de alguma forma.*

"Senta ali no banco e eu volto num minuto, querida", disse ela, embrulhando ela numa toalha gigante de Mickey Mouse como se fosse um algodão doce num espeto.

Eva caminhou cautelosamente ao longo da beira da piscina, bem perto do final. Ela leu a placa FIM PROFUNDO - PROFUNDIDADE 5m - como se fosse para se assegurar de que este era o lugar certo. Ela olhou fixamente para a água, observando pequenas ondas se formarem na superfície.

O fundo parecia tão perto e tão longe. Brilhava na luz, convidando ela, chamando ela. Ela não era a nadadora mais forte, mas não tinha medo da água.

Ela acenou para Sophie e respirou fundo, mergulhando na piscina com os olhos abertos, nadando cada vez mais em direção ao fundo. Ela segurou seu nariz e equalizou suas orelhas. A pressão a surpreendeu, mesmo aos 5 metros.

Eva deslizou sem esforço ao longo do fundo da piscina, procurando em todas as direções e ansiosa para encontrar o misterioso amigo da Sophie. O ralo imundo que ela notou na semana passada chamou sua atenção novamente. Ela não podia mais ver nenhum cabelo flutuando dele, mas decidiu dar uma olhada mais de perto de qualquer maneira.

Ela nadou em direção àquilo, passando os dedos sobre a superfície lisa da abertura. Eva olhou para ela por alguns segundos quando ouviu um sussurro fraco atrás dela. Ela se virou em direção ao som, seu longo cabelo de *Rapunzel* flutuando por toda parte. Eva se arrependeu de não o ter amarrado. A água só revelou imagens desfocadas das pernas das crianças.

A temperatura da piscina baixou e logo ela ficaria sem ar. Eva começou a emergir, mas uma força invisível puxou o seu cabelo por trás. Seu coração martelou enquanto ela lutava desesperadamente para se virar, percebendo que seu longo cabelo deve ter se enredado no ralo. O pânico entrou em cena. Ela não conseguia respirar. Ela não conseguia nadar. Ela não conseguia escapar. Ela só conseguia gritar, e gritou, embora não fosse realmente um grito e sim um uivo. Eva viu bolhas escaparem da boca dela enquanto ela lutava para se libertar. A água ficou mais turva e a escuridão engoliu tudo.

Como instruído, Sophie sentou-se no banco, sorrindo e cantarolando. Ela viu os minutos passarem no enorme relógio por cima da piscina. Há quanto tempo já passou? Dez minutos? Talvez mais?

Um salva-vidas reparou finalmente na Sophie da sua pequena torre. Ele desceu e sentou-se ao lado dela.

"Olá, você está bem?"

"Sim, obrigada", respondeu Sophie, como uma boa menina.

"Uma garotinha como você deve estar sempre acompanhada por um adulto, sabia? Não queremos nenhum acidente de afogamento. Onde está a sua mãe?"

"Minha mãe está morta", respondeu Sophie, olhando para o relógio e se perguntando se Morgen tinha conseguido.

O BOSQUE DOS EUCALIPTOS

"**P**lanejamos a cerimônia durante seis semanas", Eu confessei, evitando o olhar de julgamento do detetive e ouvindo os seus roncos de porco. Com uma mão, ele esfregava a sua testa brilhante. Com a outra, seus dedos carnudos agarraram a caneta - rabiscando com movimentos frenéticos. "Continue, rapaz, diga-me exatamente o que aconteceu naquela noite."

E assim eu fiz. Tinha passado por um renascimento espiritual recente. Eu era cristão agora e tinha de confessar os meus pecados, certo?

Nós três venerávamos bandas de heavy metal, satânicas em particular. O porão do James era a nossa capela e nós entramos lá religiosamente depois das aulas. *Cradle of Filth, Behemoth, Slayer, Dimmu Borgir* e outros. Nós venerávamos a letra e desfrutávamos na escuridão subliminar que elas invocavam. Até nós mesmos experimentávamos com música. James aporrinhou a mim e ao Randy para o ajudar com o ritual. Ele alegou que isso beneficiaria a nossa própria banda.

"Como exatamente?" O Randy perguntou.

Postmortem tocava estourado no fundo enquanto

James acendia uma tigela de metanfetamina e o seu rosto desaparecia numa nuvem de fumo ofuscante.

"Pense nisso! Nós receberíamos poder do Diabo! Ele nos ajudaria tocar a guitarra melhor ainda! Ganharíamos mais loucura para nos tornarmos profissionais, percebe o que quero dizer?"

Não percebi, mas a especulação apanhou a minha curiosidade.

"Marquei o túmulo ontem à noite, então vocês dois idiotas ainda topam, né?" O James disse.

Tomei um punhado de metanfetamina e relaxei, deixando o êxtase passar pela minha cabeça— dominando os sentidos.

"Sim, vamos fazer isso hoje à noite. Você tem o equipamento, certo?" Randy disse.

"Claro, claro." Eu acenei com a cabeça.

Sob a cobertura do anoitecer, subimos por cima do portão do cemitério acorrentado—espreitando ao longo das bordas dos túmulos como ninjas silenciosos.

"Ei! Qual túmulo vamos roubar de novo? Não consigo ver porra nenhuma!" Eu sussurrei.

"Apenas me segue e cala a boca. Eu sei para onde estou indo!" O James disse.

Era uma noite sem lua, de noite negra. Eu tropecei e quase caí.

"Cuidado onde pisa, idiota!"

Randy riu atrás de mim enquanto eu tentava o meu melhor para permanecer em silêncio. Os ramos estalavam debaixo dos meus coturnos militares e todo o lugar cheirava a composto. Em breve, paramos.

"É aqui mesmo", apontou James, "Ei, Randy! Me passa a pá!"

Logo quando a pá tocou o solo, o portão voou aberto e ouvimos vozes murmuradas aproximando-se ao longe.

"Merda! O que foi isso?" James sibilou, caindo de joelhos.

Uma nuvem de tochas se espreitava na nossa direção.

"Eu os vi escalando o portão, policial, tenho certeza que os punks satânicos estão por aqui em algum lugar", disse uma voz idosa.

Eu agarrei o Randy e nós três nos escondemos atrás de uma sepultura.

"Merda! Alguém nos viu!" Eu sussurrei ao James, tentando não me cagar nas calças.

As vozes aproximavam-se mais.

"Provavelmente estão vandalizando túmulos; Você tem que pegar esses arruaceiros!"

Eu engoli em seco, minha garganta inflamada.

"Temos de pular naquela parede atrás de nós e sair daqui, senão estamos ferrados!" Eu disse.

Randy olhou para a esquerda e para a direita em pânico, o pescoço dele quase girando como o de uma coruja.

"Certo, vamos lá!" O James comandou e nós saltamos para a parede, escondida sob um sicômoro.

Foi uma barricada curta e subimos por cima com o pânico em nossos corações.

Os meus pulmões estavam pegando fogo quando finalmente paramos de correr.

"Como diabos eles sabiam que éramos nós?" Eu ofegava.

James limpou o suor da testa, "Não sabiam — eles apenas adivinharam."

"Eles acertaram na parte satânica", sorriu Randy.

Eu me estiquei e tirei a sujeira dos joelhos.

"Bem, como não podemos desenterrar um cadáver para a nossa oferta, eu digo que vamos com o Plano B. Mais extremo, mas definitivamente mais divertido. O que dizem, rapazes? O Randy e eu vamos trazer as ferramentas. James, traz ganja e a Eden", eu disse.

James, ainda ofegante e tossindo, respondeu: "Tranquilo, cara. Estamos combinados para a próxima sexta-feira, sim?"

"Com certeza!" Eu disse.

Eden, a nossa colega de classe chorona de quinze anos. Não conseguia entender o que o James sequer viu nela.

"Ela é virgem, de cabelo loiro e olhos azuis — o que mais você quer?" Ele piscou com um olho.

Nós todos nos encontramos no bosque dos eucaliptos naquela sexta-feira à noite. James e Eden rolando na grama, passando um baseado entre eles.

"Olá, rapazes!" Eden disse, mordendo o dedo e tentando um sorriso sedutor. Eu detestava ela e a pureza que ela representava.

"Oi", eu pronunciei — a simples saudação com gosto de cinza.

O Randy foi para o meu lado, olhando para os seios dela e babando.

"Pegou as coisas?" O James perguntou, excitação vazando de sua voz.

Eu acenei, sorrindo. "Claro que sim."

Dead Skin Mask de Slayer trovejava da caminhonete do James enquanto o sol desaparecia do horizonte. O bosque dos eucaliptos foi subitamente camuflado pelas sombras.

As risadinhas da Eden me irritavam. Eu fiquei impaciente.

"Vamos fazer essa merda ou o quê?"

"Fazer o quê?" Eden perguntou, obtusa e ainda rindo.

James deslizou do capô da sua caminhonete, aproximando-se da Eden, esfregando os ombros dela e a sussurrando em seu ouvido: "Querida, você sabe o quanto *adoramos Slayer*, certo? Nos reunimos aqui esta noite com a única intenção de oferecer um sacrifício puro..."

Eden, travada no lugar — a confusão manchando o seu rosto ingénuo — piscou. Ela sentiu o cheiro da erva no hálito dele e fez uma careta.

"Sacrifício? Para quem? Quem estamos sacrificando?"

"Precisamos fortalecer a nossa música e você vai nos ajudar!" Eu disse.

Com um sorriso sádico, James tirou o cinto de sua bermuda camuflada. Ele enrolou as pontas em torno dos nós dos dedos calejados e virou o cinto sobre a cabeça do Éden com um movimento rápido — puxando e estrangulando. Um grito escapou, depois ela engasgou, se contorcendo como uma minhoca. Eden chutou seus pés, lutando, mas falhando em competir com a força brutal de James.

O Randy e eu observamos. Uma mancha de urina sujava as calças dela enquanto assistíamos —fixados. A cor era drenada do rosto de Éden e a adrenalina corria pelas nossas veias. Nos sentíamos eufóricos.

"O que cês tão esperando? Não fiquem aí parados! Anda logo!" James ladrava enquanto a garota era enforcada, com os seus braços frágeis estendendo-se para nós, o desespero despencando dos olhos.

Arranquei a faca de caça da minha mochila, jogando no pescoço dela, apunhalando uma e outra vez e outra vez e outra vez. Como manteiga quente, a lâmina afundava na sua tenra carne.

Os joelhos de Éden desmoronaram e ela caiu no chão, o sangue jorrando da veia jugular.

"Olha só, James! É o *Raining Blood*!" Apontei para o pescoço dela, rindo histericamente. *Raining Blood* era uma das nossas canções favoritas de *Slayer*. O James me deu um *toca aqui*.

A nossa gargalhada espalhou-se pelo eucaliptal como uma tempestade de gafanhotos.

Ela choramingava no chão, balançando como uma serpente trocando de pele, engasgando nos próprios fluidos.

"Deus...socorro!" Éden implorou, sangue salpicando entre seus dedos.

Nada aconteceu, então ela chamou a mãe dela. Vagabunda patética.

Limpei a lâmina na minha manga e entreguei a faca ao Randy.

"Acaba com o sofrimento da piranha", eu instruí.

Os olhos do Randy brilharam com entusiasmo. Ele subiu em cima do corpo dela quase dormente, vendo o sangue saindo das múltiplas feridas.

"Ainda há espaço aqui, olha", disse ele, afundando a lâmina no pescoço de Éden mais uma vez.

Milagrosamente, a vadia tossiu mais sangue. O Randy e eu já a apunhalamos pelo menos doze vezes e a puta ainda respirava. Como isso era possível?

Fumamos outro baseado, olhando para Éden tremendo no chão, com as mãos flexionando lentamente, a vida dela desvanecendo-se de seus olhos.

"Preciso muito de uma cerveja agora", disse James.

"Acha que ela já está morta?" Eu retruquei.

"Não sei, verifica o pulso dela."

Me ajoelhei sobre o corpo frágil, pressionando dois dedos sobre os detritos que costumavam ser o pescoço dela. Sem sinais de vida. Finalmente, a piranha estava morta.

"Quem vai dar a primeira?" Randy disse, desabotoando as calças jeans e acariciando o pau.

"Você nunca teve uma chance com ela quando ela estava viva, pode muito bem tirar o melhor proveito disso, agora que ela está morta", eu ri, batendo no ombro dele.

"Vai lá, garoto. Você merece!" O James encorajou.

O Randy gritou de triunfo, abrindo as pernas ela. Ele enrolou a camisola branca dela, agora tingida de vermelho sangue e cortou o seu sutiã.

"Aposto que é o primeiro par de tetas que você já viu, amigo, sem contar com as da sua mãe!" O James brincou.

O nosso cúmplice mais novo gemia de prazer, muito empolgado com o seu prêmio para responder.

Nós arrasamos o cadáver tépido da Éden naquela noite, os três revezando, e enterramos o seu corpo pálido debaixo de um eucalipto isolado.

"Não enterra ela muito fundo", queixou-se o Randy. "Eu quero voltar mais tarde e tentar outra vez!"

A luz da lua iluminava o nosso caminho enquanto voltávamos para a caminhonete.

"Temos que queimar as nossas roupas", sugeriu

James, examinando as manchas de sangue na sua camisa.

"Pode crer! Ainda bem que trouxe roupa extra para todos nós", disse eu.

O James nos levou a casa dele e ouvimos *Slayer* até ao amanhecer.

"O que aconteceu depois?" indagou o detetive, interrompendo a minha linha de pensamento.

Eu me mexi na cadeira trêmula. "Vejamos... isso aconteceu há oito meses... minha memória é vaga!"

Eu apanhei uma fagulha de dúvida nos seus olhos, como se ele tivesse ouvido errado.

"O que acha que aconteceu, gênio? Nós a deixamos lá fora para apodrecer no maldito chão", eu disse.

O detective engoliu — um desgosto de repugnância se espalhava pelas suas feições gorduchas.

"Por que? Por que diabos você mataria e violaria uma garota inocente como a Éden?"

Eu dei os ombros. "A garota era irrelevante. Ela era uma vadia ingénua, mas", fiz uma pausa e sorri, "ela tinha mesmo uma boceta apertada. O James não estava mentindo sobre a virgindade dela. Nós arregaçamos ela até os nosso paus ficarem ensanguentados."

"Seu merdinha sádico e perverso! Eu devia quebrar a porra do seu maxilar!"

Eu levantei as minhas mãos em protesto. "Ei! Para que a hostilidade, detetive? Só estou te dizendo o que aconteceu nas minhas próprias palavras. Não era isso que você queria?"

Ele rangeu os dentes, mas permitiu que eu continuasse.

"Como eu estava dizendo, nós glorificamos Satanás e acreditamos que ao cometer o derradeiro crime contra Deus — matar uma virgem, em outras palavras — de alguma forma nos daria um bilhete só de ida para o inferno. Você sabe, diz na Bíblia que no final Lúcifer vai trazer o seu melhor em tudo — música, amor, assassinato..."

O homem levantou as sobrancelhas de lagarta, ainda furioso.

"Isso soa como uma babaquice para mim, rapaz. Mas de qualquer jeito, você vai apodrecer na prisão até morrer."

"Acho que não." Eu olhei para ele.

O detective abriu a boca, mas não surgiram palavras.

"A história ainda não acabou. Devo continuar?"

Ele fungou, depois acenou com a mão.

"Você vai ser preso por homicídio. Temos todas as provas que precisamos. Mas fique à vontade, moleque."

Arranhei meu queixo, convidando memórias a voltar para dentro.

"Várias semanas após o fim de Éden, James nos recolheu e fomos todos para um velho eucaliptal."

"É a sua vez de desenterrar ela, mano", ordenou o James, me jogando a pá.

Ela foi enterrada bem abaixo da superfície, tal como o Randy queria. Nós olhamos o cadáver em decomposição. Cheirava mal para caralho! Mesmo assim, os rapazes queriam um pouco de diversão. O Randy desabotoou as calças, ansioso como sempre. Depois o James.

"É a tua vez, Jason."

Não me pergunte o porquê, mas do nada — eu percebi a perversão da situação. O estado do cadáver me deu repulsa.

"Eu não vou tocar nela, James."

Ele parecia surpreendido.

"Como assim não vai tocar nela? Ela ainda está molhada!" ele riu e apontou.

Eu cuspi, cruzando os meus braços — desafiando o nosso líder.

"*Se você não está conosco, você pode não existir mais* — como diz a canção de *Slayer*", James ameaçou.

"Muito bem. Vira ela para mim, eu quero comer a vadia por trás." Eu disse, cedendo.

"Isso aí menino!"

James grunhia, lutando com o peso morto.

"Ei Randy! Me dá uma ajuda aqui, pode ser? Ela ganhou alguns quilos ou algo assim."

Randy obedeceu sem hesitar.

A verdade é que, depois de matar a Eden — eu estava me coçando para repetir a experiência. Matar ela despertou um vício sombrio. Eu *precisava* matar outra vez. Alguém, qualquer um.

Apertei o meu punho na pá e bati na cabeça do James antes que ele pudesse reagir. O Randy se contraiu, mas eu também lhe dei um golpe. Ele caiu como uma folha, embalando seu rosto quebrado.

Ambos estavam inconscientes debaixo dos meus pés, à minha mercê. Eu não tinha nenhuma.

Eu cortei os pescoços deles com a pá como um selvagem, partindo carne do osso. Depois, mijei sobre os seus corpos, e atirei eles no buraco apodrecido. Desenterrei uma sepultura fresca para a Eden — bem longe dos dois merdinhas.

Eu pausei a minha história.

"Sabe, detetive, eles mataram ela pela música, mas eu matei eles por *mim*. Porque eu me senti *vivo*. Esquece a ganja, esquece a metanfetamina — matar é a derradeira droga. Sugiro que retire a sua arma e atire em mim agora... ou haverá outros. Eu não consigo parar. Porra, os humanos são a ruína deste planeta. A morte de mais três não vai fazer muita diferença."

Os seus olhos odiosos piscaram para os meus.

"Você gostaria disso, certo? Uma saída fácil? Pense de novo. Você vai sofrer — isso é uma maldita promessa! Você vai encarar uma sentença de prisão perpétua, garoto. Já vislumbrou isso?" A boca dele formou um sorriso de alegria.

"Eu estou cagando pra isso. Eu sou perigoso para os outros humanos. A morte segue os meus passos e as pessoas vão *morrer* — *então* me mate agora se você quiser salvar vidas", eu disse.

"Não. Quero que vá a julgamento e enfrente os seus crimes como um homem. Olhar todas aquelas pessoas nos olhos — os filhos que matou, a garota que massacrou como um cordeiro — vai enfrentar todos e experimentar o ódio delas. Depois disso, vai apodrecer numa pequena cela enquanto alguém come o seu rabo, seu puto doente."

Caí em silêncio por um segundo, contemplando as suas ameaças vazias. Ele se vangloriava, como se as suas palavras tivessem algum efeito profundo em mim. Quando eu falhei em responder às suas provocações, ele se inclinou para mim — deslizando um monte de documentos debaixo do meu nariz.

"Data e assinatura aqui", o detective indagou, oferecendo-me a sua esferográfica.

Eu admirei a caneta por um momento — a sua borda metálica. Afiada. Letal nas mãos certas.

"É só assinar os papéis, sim?"

Quando seus olhos vaguearam, o impulso assassino invadiu meus membros e eu explodi como um jacaré — espetando a caneta em seu pescoço grosso. Acertei em cheio e o sangue espirrou no meu rosto, mesa e paredes. Banhado em sangue como *a Carrie* naquela cena lendária, onde o balde de sangue de porco jorrava sobre a cabeça dela — eu assisti o gordo filho da puta morrer.

O êxtase corria através de mim enquanto ele se engasgava no próprio vómito, muito parecido com a Éden. Os nossos olhos se encontraram. "Eu avisei que haveria outros! Devia ter me ouvido, porco!" Eu gritei. Tirando a arma do coldre dele, rodeei ele como um coiote esfomeado.

"Como te faltou coragem para atirar em mim quando eu te pedi, acho que eu mesmo terei que fazer isso! Temos de limpar a Terra..." Eu proclamei, puxando o gatilho.

AKONA

"O que você fez com o meu bebê?" ela gritou. A saliva dela voou e caiu na minha bochecha. O reflexo me fez piscar rápido enquanto pequenas bolas de lágrimas se formavam nos olhos da Amber.

"Eu não sei. Ela estava lá num minuto e se foi no outro", respondi com as palmas das mãos erguidas como se ela me estivesse me apontando uma arma. Meu pescoço queimava pelo intenso sol peruano enquanto Amber continuava a me agredir verbalmente.

"Como você pôde deixá-la? Ela é apenas uma criança pequena!"

"Eu estava logo ali atrás daquela árvore", apontei para um dos muitos sabais do local. "E eu precisava muito fazer xixi!" Uma tentativa patética de me defender, eu sei.

Tínhamos nos conhecido na Universidade Greenwich e namoramos por três meses. Amber tinha uma filha bebê, Akona, de uma relação anterior. Eu odiava crianças e não sabia nada sobre elas. Eu também não queria aprender.

Ela me convidou para ir ao Peru como parte de seu

estudo de Conservação & Biodiversidade. Decidimos transformar isso em um mini feriado, levando Akona conosco. Foi ideia da Amber, a propósito, não minha.

"Seu maldito irresponsável, nunca devia ter confiado ela a você!"

A Amber tinha saído para uma palestra naquela manhã, por isso marcamos um piquenique para aquela mesma tarde. Preparei o cesto e ela concordou em encontrar conosco junto ao rio Ucayali. Eu tinha desenrolado um cobertorzinho num pequeno pedaço de grama limpa e deixei Akona brincando nele – apenas por alguns minutos – enquanto me aliviava por perto. Nunca me ocorreu que algo perigoso pudesse acontecer com ela.

Ela foi raptada por alguém?

Estávamos rodeados por uma tribo de simplórios... porque a levariam? Merda, talvez eles fossem uma tribo de canibais.

"Provavelmente ela só engatinhou para outro lugar", dei a sugestão fracamente. A Amber olhou para mim com a boca aberta.

"Não se preocupe. Eu vou encontrá-la. Tenho certeza que ela está por aqui em algum lugar", eu disse.

"Akona! Akona!" Eu chamei, esperando que ela saísse dos arbustos abanando o rabo com um graveto na boca.

Mergulhei no mato mais próximo, buscando freneticamente a menina. Nada. Mergulhei no arbusto seguinte, porém mais uma vez, não encontrei nada.

Ouvi um sussurro suave atrás de mim.

"Amber! Ela está aqui atrás dessas plantas", eu comemorei prematuramente.

Eu espalhei as folhas e tropecei em algo, aterrissando cara a cara primeiro no mato. Depois suspirei. A cabeça de uma enorme *Eunectes Murinus* ou a Anaconda verde, como é mais geralmente conhecida, estava olhando diretamente para mim. Devo ter tropeçado no seu corpo.

Era enorme! Mas não foi isso que me chocou. O réptil estava no meio de devorar Akona; apenas os seus pequenos pés podiam ser vistos balançando de sua mandíbula mal articulada. Nós dois gritamos.

A MARÉ VERDE

A maré estava baixa quando chegamos na praia. Um trecho de areia como nenhum outro que tínhamos visitado antes — esta era especial. As coisas que viviam aqui eram especiais. Foi por isso que a trouxe aqui, a minha namorada francesa, Cerise. Durante anos, ela me importunou sobre visitar a França e conhecer os pais dela. Namoramos durante sete anos e eu nunca conheci os pais dela. Acho que me senti intimidado pelo seu passado privilegiado e pelo medo constante de não ser suficientemente bom.

Os pais dela gostavam de escola privada, de construir carreiras e de todo esse lance. Eu assumi que eles eram o tipo de pessoas pretensiosas que julgavam uma pessoa pela sua educação e não pela sua inteligência natural ou força de caráter. Mesmo assim, apesar das nossas diferenças de educação formal, eu a amava. O nosso senso de humor era idêntico e ela me fazia rir como mais ninguém podia. Além disso, ela era leal a mim — ou assim eu pensava.

Num verão, decidi fazer um esforço maior, organizando uma escapada de fim de semana para a Bretanha. Seus pais moravam em algum lugar daquela região e eu prometi a ela que finalmente faríamos uma visita a eles. Mas primeiro, nós pararíamos na praia... onde viviam as coisas verdes.

Escolhemos um lugar isolado para os nossos banhos de sol, longe dos plebeus e de suas crias birrentas. Eu espalhei as toalhas na areia e assisti ela se despindo até ficar de biquíni. Ela tinha um corpo incrível. A Cerise deitou-se de bruços enquanto eu sensualmente esfregava loção na sua pele cremosa. Ela gemeu suavemente, "*Isso é tão bom*", o seu sotaque francês ainda era forte. Eu mantive meus olhos nas costas dela, mas minha atenção logo se deslocou em direção ao mar. Os assassinos estavam aqui.

"Quer dar um mergulho?" Eu perguntei inocentemente depois de alguns minutos.

Cerise se virou, sorridente e brincalhona.

"Claro! Vamos lá", ela respondeu, e pegou na minha mão.

"Vai você primeiro", eu sugeri. "Eu já vou logo. Eu quero absorver mais um pouco de sol."

Ela sorriu mais uma vez e eu ansiosamente vi os pés dela afundarem na lama.

"Eca! O mar tem cheiro de ovo podre!" Cerise reclamou.

Rindo, eu fechei meus olhos, me lembrei do dia em que soube que ela estava dormindo com o chefe dela. Ignorei isso durante anos, tentando raciocinar comigo mesmo que isso poderia não ser verdade, mas não consegui manter os meus demónios à distância. Uma noite, eu cedi e verifiquei o telefone dela. Encontrei mensagens sujas e muitas delas. Isso devia estar acontecendo durante meses. Ela nem sequer tinha feito o esforço de as apagar.

De qualquer forma, tinha chegado a hora do acerto de contas. Eu só tinha um passatempo desde a infância. A botânica. A única coisa em que eu me sobressaía. Eu era um especialista quando se tratava de plantas e ervas daninhas.

Nos meus primeiros anos na universidade, fiquei intrigado ao descobrir que as algas podiam gerar fumos tóxicos de sulfureto de hidrogénio quando apodrecem, um gás incolor e altamente venenoso — que, por acaso, cheirava a *ovos podres*.

Armado com este conhecimento, planejei cuidadosamente o fim de Cerise. Esta área da Bretanha era famosa por incidentes com algas marinhas assassinas. Vários animais tinham morrido aqui há alguns meses e se as minhas suposições estavam corretas, pequenas bolsas de sulfureto de hidrogénio ainda estavam presas na lama da praia. Com sorte, eles escapariam quando fossem pisados.

Cerise chamou lá de baixo, "Você vem querido?"

"Daqui a pouco, continue andando e aproveite o mar!" Eu respondi.

ALFINETES E AGULHAS

A lua repousava no céu noturno, iluminando o estacionamento desordenado da fábrica. Uma Mercedes, polida e de cor preta, circulava nele como uma serpente. Depois de um intervalo, o motorista triunfou e se alojou entre um Mazda e um velho Peugeot enferrujado. A chave girou e a ignição morreu. O motorista sombrio curvou a cabeça, suspirando. Uma mudança de profissão o abençoou com um novo começo, mas ele se sentia nervoso.

Olhando para o objeto balançando do espelho retrovisor, ele escovou seus dedos murchos contra isso, murmurando palavras em uma língua estrangeira. Mais carros entravam na curva, jogando luzes radiantes e roubando sua visão, temporariamente. Ele soltou a ficha e pegou sua mochila. O homem caminhou em direção às portas sinistras da fábrica.

"Ei! Manda o Andy aqui em baixo, pode ser? Uma das máquinas parou de novo!" O John gritou, os ouvidos dele zumbindo pelo frenético barulho industrial. Os de ouvidos sensíveis irritavam ele. O mecânico acenou com a cabeça e o John saiu, avidamente em direção à cantina. Olhando na hora, o estômago dele roncava e ele se perguntava o que Sharon tinha feito para o jantar.

O John pegou uma sacola do armário dele e entrou pela porta da cantina. Ele viu Andy, um colega e um querido amigo relaxando no canto — comendo batatas fritas e lendo um livro naval.

"O que você tá fazendo aqui? Já teve seu intervalo, não teve?" O John disse, sentando em um lugar vago. Ele abriu o seu recipiente de plástico, e depois olhou para as batatas fritas afogadas em ketchup do Andy.

Andy suspirou e bateu com o livro na mesa. Ser interrompido o incomodava. Mike entrou, segurando um pote de sopa de tomate quente em suas mãos incrivelmente peludas. Ele sorriu e foi para a mesa. O Andy mudou-se para a outra cadeira.

"Olá Mike, como vai?" Andy perguntou, gesticulando em direção ao assento vazio.

O Mike colocou na mesa a sopa quente e aproximou-se mais. Um sorriso manhoso se espalhava pelas suas bochechas gorduchas. "Tenho novidades para vocês, senhores. Já foram apresentados ao nosso novo supervisor?"

Ambos os homens trocaram olhares de surpresa. Andy falou primeiro. "Nós temos um novo supervisor? Desde quando?"

O Mike bebeu a sopa dele, assoprando o vapor. "Desde hoje. Oh, e John? Definitivamente você não vai aprovar ele."

O John engoliu um sanduíche cheio de manteiga de amendoim, migalhas sorrateiras ainda escondidas na barba.

"Por que não?"

. . .

A porta bateu aberta e apareceu uma figura robusta. A cara oval do homem parecia ainda mais escura sob as luzes brilhantes da cantina. Ele ostentava uma capa de chuva moca e agarrava uma mochila esfarrapada, decorada com símbolos extravagantes. Vasos sanguíneos inchados alteravam a cor natural dos seus olhos.

O homem negro caminhou em direção ao trio, seu passo lento e preguiçoso.

"Vocês devem ser da mecânica; eu agora estou no comando de vocês. O nome é Imamu", disse ele com um sotaque haitiano.

Andy cortou o incômodo silêncio ao meio com a mão estendida.

"Olá! Eu sou o Andy e estes são o Mike e o John."

"Boa noite", disse Mike, também apertando as mãos com a nova autoridade.

A expressão hostil de John comunicou-se sem palavras. Imamu sentiu a animosidade do homem barbudo e o golpeou com um olhar vermelho. John recusou-se a quebrar o contato visual no início, mas acabou por desviar o olhar. Ele falhou em suportar o olhar de transe do Imamu. Ele agarrou no seu recipiente vazio e passou pelo estranho intimidante, xingando.

O vestiário cheirava a óleo e suor. Eles encontraram o John num estado de fúria.

"Não me vou curvar a AQUILO!" ele entrou em fúria, batendo com a porta enferrujada do armário dele. "Me recuso a receber ordens da espécie dele. Eu prefiro me demitir. Ouviu ele falando como se fosse nosso dono? Quem diabos ele pensa que é? Ele é apenas um crioulo idiota!"

Andy e Mike trocaram olhares desaprovadores. O

John era um racista de pavio curto, conhecimento comum na fábrica. Devido aos seus muitos anos de serviço, a gerência fez vista grossa. John divagava frequentemente, mas a sua mente senil não era capaz de infligir danos. Ou assim eles pensavam.

Andy observava o mecanismo barulhento. Ele alcançou a sua caixa de ferramentas desarrumada... e depois se contorceu. Uma palma rosa deu a ele uma chave inglesa. O Andy pegou nela, assustado com a cara carrancuda.

"O seu amigo não gosta de mim", disse o Imamu.

Andy limpou o óleo das mãos com um pano manchado.

"Peço desculpas pelo meu amigo, ele não quer fazer mal. Ele só demora um pouco para conhecer as pessoas, só isso."

O supervisor permaneceu frígido. "Mentira! Este bilhete foi colado no meu armário", disse ele, pendurando um pedaço de papel na frente de Andy, "e me deixe te dizer agora, rapaz, eu não aceito ameaças — principalmente de um racista idiota!"

As pupilas vermelhas de Imamu piscaram com ameaça e Andy engoliu, sem duvidar da convicção por trás da ameaça do homem.

O aparelho rugiu à vida e Andy gritou, vitorioso. Levou mais de uma hora para diagnosticar e resolver o problema.

Ele atirou a chave na caixa e tirou os óculos de

proteção. Mike ziguezagueou entre as máquinas, com os braços acenando e correndo na sua direção. A sua cara pálida o traiu.

"O que foi?"

"É o John... ele teve um acidente", Mike ofegava.

"Que acidente? Do que você está falando?"

O Andy desligou a máquina, permitindo que o Mike recuperasse o fôlego.

"O John estava operando o moinho de corte", disse o Mike, sufocando o vômito. "A máquina pegou na manga dele e o arrastou para dentro. A lâmina cortou seu o braço esquerdo como um pedaço de presunto! O sangue espirrou na minha cara! Havia sangue em todo o canto — foi horrível! Ouvi os gritos dele acima do barulho e desliguei a energia! Um segundo depois e ele estaria morto!"

"Onde ele está? Em que hospital? Preciso ver ele!" Andy disse. Mike o agarrou pelo colarinho, com as mãos tremendo de adrenalina.

"Espera! Você sabe quem é o culpado, não sabe? Aquele maldito lançador de lança! Eu vi ele se espreitando atrás de nós, vendo tudo o que fazemos! Ele está conspirando contra nós! Estou te dizendo, nós somos os próximos!"

O Andy olhou fixamente, com olhos selvagens. A acusação de Mike parecia avoada. Sim, o supervisor não gostou do trio devido a carta hostil do John, mas sugerir que ele foi o responsável pelo acidente era absurdo.

"Não seja ridículo!", disse ele, empurrando as mãos do Mike de lado. "Você viu o Imamu forçando o John a passar por baixo da máquina? Não podemos andar por aí e jogar acusações a pessoas inocentes! Esse acidente vai ser investigado pela empresa, sabia? Quer mesmo ser o cara que aponta dedos e espalha teorias idiotas?" Andy perguntou.

O Mike piscou os olhos e baixou a voz. "Há algo que ainda não te disse. Quando cheguei esta noite, eu estava estacionando meu Nissan e o vi saindo do carro dele, em direção à fábrica. Fui ver o carro dele. Alguns objetos estranhos e aleatórios estavam lá dentro. O que mais me perturbou, porém, foi uma boneca vodu suspensa do espelho retrovisor. Estou te falando, esse cara é algum tipo de feiticeiro e sei que ele causou o acidente... de alguma forma."

Na semana seguinte, a empresa marcou uma reunião e lançou uma investigação sobre o misterioso acidente de John. Como única testemunha, Mike declarou cuidadosamente a sua versão dos acontecimentos. Ele se apressou quando ouviu os gritos de John — vendo seu braço decepado preso na engenhoca e depois correndo para pedir ajuda. Ele considerou relatar as suas suspeitas sobre o Imamu, mas Andy convenceu-o contrário — ainda defendendo a inocência do homem.

Andy e Mike escorregaram para os seus trajes de caldeira, deprimidos. As consequências do acidente ainda pesavam muito sobre os dois homens. Nublou ainda mais a atmosfera melancólica da fábrica. As portas abriram e a colossal estrutura do Imamu entrou. Ele fez uma pausa, observando os seus empregados com ódio ardente. Mike e Andy trocaram olhares preocupados. O homem de cor retomou o seu caminhar.

"Acha que devíamos pedir desculpa a ele? Melhorar um pouco o clima?" O Mike disse.

"Com certeza que devíamos! Estou contente por finalmente ter aceitado a verdade. Olha, nós fazemos um plantão. Estamos todos naturalmente cansados e o John foi simplesmente uma vítima da sua própria falta de jeito. O Imamu é inocente. A propósito, você sabia que o John colou uma carta racista no armário dele?"

A mandíbula do Mike caiu.

"Exatamente. Devíamos estar *gratos* a ele. Ele podia ter levado a carta diretamente para os recursos humanos e eles iam despedi-lo. Ele fez um favor ao John, sabe? "

Entraram no piso de fábrica, à procura do Imamu. A maquinaria estava em pausa e um zumbido suave dominava o local. Os homens encontraram o seu alvo sentado num banco de aço, preenchendo documentos. Ele levantou os olhos carmesim, mas não ofereceu um sorriso.

"Senhor?" Andy começou.

Mike arriscou uma breve inspeção visual do homem enquanto Andy falava, notando o amuleto peculiar pendurado em volta do pescoço gigantesco do Imamu. O amuleto tinha uma máscara de madeira no centro, suas bordas decoradas com o que parecia ser dentes humanos. Mike desviou o olhar, tremendo.

"...só queríamos pedir desculpa pelo

comportamento hostil do John e nós próprios não temos sido muito acolhedores, então poderíamos começar de novo?" Andy disse, oferecendo a sua mão novamente e sorrindo sinceramente. A hesitação do supervisor encheu o ar de grosseria. Ele apertou a mão do Andy depois de uma pausa constrangedora.

"Não há problema, pessoal! Dê meus cumprimentos ao seu amigo, está bem?" Respondeu ele, clicando na caneta dele.

O turno acabou e Mike bocejava, sentindo-se extremamente cansado. Parecia que o recente evento trágico da fábrica o tinha despojado de vitalidade. Ele esbarrou no Andy lá fora, fumando e encostado a uma parede.

"Posso acender um?"

O Andy tirou um maço de cigarros do bolso e passou-o ao Mike.

"Esse foi um turno de merda", disse Andy, a fumaça explodindo de suas narinas.

Um Mercedes preto sem manchas saiu do estacionamento, parando ao lado dos dois homens. A janela elétrica deslizou para baixo.

"Tem um segundo, amigo?" O Imamu disse, mas as suas feições permaneceram escondidas na sombra.

Mike olhou para o Andy e aproximou-se do carro, relutante. Ele nivelou com a janela e encontrou os olhos turvos do Imamu.

"Só para que vocês saibam, a partir de amanhã à noite, as horas extras estarão disponíveis. Sabe, se você ou o Andy estiverem interessados?"

Mike ouviu, os olhos dele percorrendo o interior e

repousando sobre o boneco balançante. As pupilas dele dilataram e o homem negro riu.

"Dê os meus melhores cumprimentos ao John, está bem? Espero vê-lo muito em breve!" Com isso, ele pisou o acelerador e disparou — desequilibrando o Mike.

Transfixado, Mike olhou para o automóvel sumindo velozmente. O Andy derrubou o cigarro, queimando os dedos nas cinzas que caíam. Ele se juntou ao Mike e bateu no ombro dele.

"Ah! Quase me esqueci de te dizer! Eu visitei o John no hospital esta manhã, questionando sobre a carta. Bem, ele alegou que nunca escreveu uma. Típico do John, né?"

Ainda intrigado, Mike pestanejou — a mente dele ausente.

"O que o Imamu queria?"

"A boneca tinha um alfinete no braço esquerdo..." Mike sussurrou para si mesmo.

Andy mordeu o punho, uma tentativa falha de acalmar a fúria que se emergia por dentro. "Aquele filho da puta."

"Sabe o que isto significa, não sabe?"

"Sim, você tinha razão — aquele traste esteve sempre por trás disso. Pobre John! Temos que vingar ele! Ei, está afim de um jogo de críquete esta noite?" Andy disse.

"Com certeza."

O capô vermelho cereja do Nissan do Mike refletia o satélite luminoso. No reflexo, quase parecia manchado, como se estivesse fundido com sangue.

Eles chegaram cedo, na esperança de emboscar Imamu no estacionamento como assassinos silenciosos, à espreita nas sombras. A velocidade era essencial. Uma sequência de golpes amplos, só isso. Entrar e sair.

Andy encostou-se contra a porta, acendendo um cigarro. O Mike batia com os dedos no volante, e deitou o taco de críquete no banco ao lado dele. O suor escorria pelos sovacos dele.

"Ei! Apaga a merda das luzes! Eu acho que é ele!" Andy assobiou, agachado e a exalando fumaça.

O Mercedes brilhante encostou em uma vaga, duas filas à frente. Eles esperaram, corações bombeando com adrenalina. A porta se abriu e Imamu saiu, escondendo algo nos bolsos de sua capa de chuva.

"Pronto?" O Mike sussurrou.

Andy acenou com a cabeça, recuperando o taco do Nissan. Mike deu uma última olhada no estacionamento. Ninguém à vista. Eles espreitaram em direção à figura escura.

"Então este é o seu plano? Uns golpes com seus tacos de madeira? Isso que tudo o que o seu amigo vale para você?" O Imamu riu, ainda não virando as costas.

Eles congelaram. Como é que ele os viu? Como é que ele *soube*?

O Andy reuniu o seu juízo. "É isso mesmo, traste. Você vai pagar pelo que fez ao John com as suas bruxarias."

"Cuidado, garoto! O que eu fiz ao seu amigo é só o começo!" O Imamu disse, tirando outra boneca do bolso dele.

Mike choramingou ao vê-la. Parecia-se com o Andy.

"Acha que o teu pequeno taco pode me ferir?" O Imamu continuou.

O Andy apertou o maxilar. "É o que vamos descobrir, não é?"

Ele atacou o Imamu, mas o taco nunca alcançou o seu alvo. Andy gritou de dor e desmoronou até ao chão, abraçando a sua perna quebrada.

A arma escorregou da pegada frouxa do Mike. Os olhos dele descansaram sobre a boneca e a perna torcida. Como aquilo se conectava ao corpo do Andy ele não sabia.

"Seu maldito macaco! Vai pagar por isso!" O Andy chorou.

O Imamu fitou em silêncio. Depois ele quebrou o pescoço da boneca e o Andy já não falava mais.

Uma sensação de calor alertou o Mike. Ele olhou para as suas calças com manchas de urina.

"Por favor, não me machuque!" Implorou ele.

O Imamu meteu a mão no outro bolso, tirando outra estatueta humanoide.

O Mike tremeu, recuando. O Imamu partiu um braço e o Mike caiu de joelhos, gritando.

"Por que? Por que você fez isso conosco?"

Imamu nivelou com Mike, olhando para a alma dele — regozijando-se em sua dor.

Ele deu os ombros. "O seu povo tem oprimido o meu povo durante séculos. Então porque não?" Disse ele, arrancando a cabeça da boneca.

SÍMBOLO DE BELEZA

L ieng rastejou ao longo da borda da cama, seus minúsculos pés afundando no tapete felpudo. Daniel agitou-se e rolou a perna sobre o edredom. A menina acariciou a pena na mão e a esfregou contra o pé protuberante do papai. Nenhuma reação de início. Na segunda vez, ele contraiu-se e gemeu. Lieng riu. Isso era divertido, fazendo cócegas ao pai enquanto ele dormia. Ela observava a forma dos pés dele. Eles não eram bonitos.

"Eu digo, acorda bem o pai", sussurrou Miya, espreitando pela porta do quarto a sua filha rebelde. Já se passaram quatro anos desde que ela deixou a China e se casou com Daniel, mas mesmo assim ela tinha dificuldades para dominar a língua inglesa. "Eu vou!" Lieng protestou.

O som de suas vozes o despertou e um sorriso de gratidão se estendeu sobre seus lábios finos. "O que as duas estão tramando?" Daniel perguntou com um bocejo. Miya entrou no quarto e balançou Lieng em seus braços. "A nossa filha estava te fazendo cócegas com penas de novo", disse ela.

O Daniel piscou duas vezes. "Estava me fazendo

cócegas de novo, sua monstrinha de pés sorrateira?" Ele disse, pegando o pé de Lieng e dando mais ênfase na frase, esperando que Miya percebesse o erro dela. Ela podia ser sensível às vezes quando corrigida, e Daniel tentava o seu melhor para não parecer paternalista. Enquanto ele fazia cócegas nos pés da filha, Lieng gritava, rolando e torcendo nos braços da mãe como uma minhoca gigante. "Já chega, vá tomar seu café da manhã", disse Miya, tirando a menina do quarto.

Os olhos dela permaneceram em movimento enquanto ela corria. Os passos de Lieng eram muito longos, faltava uma oscilação feminina e Miya não gostava disso.

"Vem cá, linda." O Daniel disse, puxando a mulher dele para a cama com ele. A Miya era onze anos mais nova que o marido. Ele acariciou a pele de veludo dela enquanto ela se aconchegava nele. "Estou tão grato que sua tia organizou nosso encontro, apesar de eu ter viajado até a China para te ter", disse Daniel. Ele tinha muito pouco na vida antes de conhecer Miya, exceto pelo seu trabalho, onde ele se saia razoavelmente bem. Aos trinta e seis anos, ele ainda vivia com sua mãe e a maioria das suas noites eram passadas com uma garrafa de uísque, bebendo e se perguntando se isso era realmente tudo o que a vida tinha a oferecer. Ele mal podia acreditar na sua sorte quando Jing-Mei, sua colega de trabalho chinesa, pediu para ele visitar a China com ela por duas semanas e conhecer a sobrinha dela. Daniel sonhava em ver a Grande Muralha um dia, e se ele pudesse arranjar uma esposa no processo? O que havia para pensar?

"Eu também. Você sabe como eu estava infeliz na China. Agora eu vivo na Inglaterra contigo, temos uma filha linda e uma bela casa. Vou te amar sempre por essa felicidade que você me deu." Miya disse. Daniel beijou seus doces lábios, inalando o cheiro de jasmim do seu cabelo moreno. Ele não acreditava nela. Ele sabia com o que isso parecia. Ele sabia o que todos no trabalho pensavam. Ela casou com ele pelo passaporte. "A sua noiva por correspondência já está pronta para ser buscada?" Eles provocavam ele. E daí? Eles só estavam com ciúmes.

Enquanto elas assistiam as suas esposas gordas como baleias roncarem, ele tinha uma bela jovem para transar todas as noites, e amor? Isso é algo que ele só podia esperar.

"Você acha que a Lieng é linda?" Miya perguntou, interrompendo os pensamentos dele. O Daniel virou-se sobre o cotovelo, não sabendo bem como interpretar a pergunta estranha. "Sim, claro que ela é. Por que a pergunta?" Os olhos da Miya descansaram nas palmas das mãos dela. "Quero dizer mais no andar dela. Do jeito que ela anda?"

"Não sei bem o que quer dizer, querida." O Daniel disse, confuso. Ele sabia que Miya descendia de uma família muito tradicional e foi criada de forma rígida, mas quando ela soltava umas coisas estranhas como essa, ele ficava realmente perdido. Por mais que ele tentasse, os costumes chineses eram desperdiçados com ele. Algumas tradições ele simplesmente não conseguia compreender.

"Deixa pra lá. Vou te mostrar o que quero dizer mais tarde. Ela está pronta, acho eu." Miya continuou.

"Pronta para quê?" O Daniel perguntou.

"Você vai ver. Vou levar a Lieng para visitar a tia dela agora. Nos encontramos lá para almoçar?"

"Está bem", disse Daniel, tentando parecer confiante. Ele saiu da cama, vestiu-se e ponderou sobre as bizarras palavras de Miya. Ele realmente deveria dobrar as lições de inglês dela.

A casa isolada de Jing-Mei se erguia a distância. Daniel admirava a arquitetura e desejava poder gerar dinheiro suficiente para comprar uma propriedade tão luxuosa. Ele apertou o cachecol no pescoço e se aproximou do prédio, passando por camadas de neve fina. A mulher mal conseguia falar inglês (seu vocabulário era ainda mais limitado que o de Miya), e mesmo assim ela dirigia um Mercedes novinho em folha e vivia em um maldito palácio. O boato era que ela se casou com um inglês rico, mas ele morreu de ataque cardíaco dois anos depois e deixou tudo para ela. Algumas pessoas têm toda a sorte. Talvez um dia, quando ela batesse as botas, a casa passasse para ele e Miya? É preciso de um para conhecer um. Mas isso provavelmente não aconteceria. Os chineses vivem por centenas de anos. Ele bateu na porta da frente e esperou, se perguntando mais uma vez sobre o significado das estranhas palavras de sua esposa naquela manhã e que bizarra tradição chinesa escondia adentro...

Lieng cantarolou uma melodia sem tom enquanto a tia molhava os seus pequenos pés numa mistura quente de ervas e sangue animal, massajando e suavizando a pele. Ela pegou os cortadores e começou a aparar as unhas dos pés da menina. "Gosta da pedicure da titia, querida?" A Miya perguntou. Lieng acenou com a cabeça, sem saber o que significava pedicure. A Jing-Mei produziu um rolo de ataduras, de vários metros de comprimento e ensopou-as na mistura, também. Miya abriu a sua bolsa e tirou um par de sapatos engraçados, passando-os para a Jing-Mei. "Você está pronta para experimentar os sapatos especiais da tia, querida?" A criança sorriu e acenou mais uma vez, ansiosa por ficar bonita para a mãe. "Haverá alguma dor, querida, mas você precisa ser corajosa." Miya disse. Jing-Mei permaneceu em silêncio.

Ela fez este procedimento ilegalmente em meninas jovens muitas vezes na China. Ela enrolou lentamente os dedos dos pés de Lieng, mas depois pressionou com grande força para baixo, apertando a sola do pé até os dedos dos pés quebrarem. Lágrimas de dor brotaram dos olhos da criança quando ela começou a gritar. Miya a segurou para baixo, silenciando-a e acariciando o cabelo da filha numa tentativa fraca de confortá-la. "Você deve ser corajosa, querida! Isto vai te fazer bonita. Vai andar muito elegante depois disso. Seja corajosa! Senão nenhum rapaz te achará atraente."

Os dedos dos pés estalaram ainda mais alto no outro pé. Jing-Mei sabia que a próxima parte era crucial e ainda mais dolorosa. Ela mandou a Miya segurar a garota com mais força em chinês. Enquanto Jing-Mei segurava os dedos dos pés quebrados contra a sola, ela puxou-a diretamente para baixo com a perna e quebrou o arco do pé, também.

Lieng gritou o mais forte que pôde, mas os seus pedidos foram subjugados pelo trapo que Miya colocou na boca dela. "Pronto, pronto. O pior já passou", disse ela. Lieng desmaiou, seu sofrimento era demais para suportar, e Jing-Mei enrolou as bandagens ensopadas em torno dos pés quebrados da criança. Ela começou no peito do pé, carregando sobre os dedos dos pés e sob o pé, depois em torno do calcanhar — pressionando os dedos dos pés recém quebrados para dentro da sola. A cada passo, ela apertava o pano de atar, puxando a bola do pé e o calcanhar juntos, fazendo com que o pé quebrado dobrasse sob o arco e pressionando os dedos dos pés por baixo da sola.

O Daniel ouviu os ecos dos gritos da filha dele através da porta. Ele chutou a porta e entrou na casa, correndo de quarto em quarto, desorientado e assustado pela vida de sua filha. O que diabos estava acontecendo? O que estavam fazendo com a filha dele? Os quartos estavam todos vazios e então ele subiu as escadas correndo. Ao entrar num dos quartos, ele caiu de joelhos ao ver sua filha inconsciente e seus pés de lótus — o cheiro de ervas e sangue de animais ainda permaneciam no ar.

"O que em nome de Deus você fez com ela?" Ele soluçou entre os próprios dedos.

Miya olhou para o seu marido derrotado, a angústia dele torcendo o rosto dela em uma careta de perplexidade.

"Uma tradição chinesa, uma marca de beleza. Estamos apenas começando..." ela respondeu.

Caro leitor,

Esperamos que você tenha gostado de ler *Amarantina e Outras Histórias*. Reserve um momento para deixar uma crítica, mesmo que curta. A sua opinião é importante para nós.

Atenciosamente,

Erik Hofstatter e Next Chapter Team

NOTAS DE HISTÓRIA

A banheira do parto

Esta é a história mais recente (e divertida!) da coleção. Todos nós temos parasitas que vivem, se alimentam e se multiplicam dentro do nosso corpo. Eu não sei sobre você, mas só de imaginar esse cenário apetitoso me deixa cagado de medo (perdão pelo trocadilho, presumo que você tenha lido a história para que saiba do que estou falando). Isso me assusta muito mais do que seus fantasmas, vampiros, lobisomens, etc. Por que, você pergunta? Eu digo o porquê. Porque é *real*. Pode mesmo acontecer. A qualquer um de nós, incluindo você ou eu. Estas tênias podem crescer até comprimentos monstruosos, estamos falando de 20, 30 metros. Eu não quereria que isso saísse do meu cu, né? Não. É nojento, mas mais importante... é *assustador*. Talvez não no sentido tradicional da palavra, mas assustador mesmo assim. Se estiver familiarizado com o meu trabalho anterior, saberá que sou a favor do horror realista. O sofrimento humano. O tormento da vida cotidiana. E escrever uma história sobre um parasita intestinal pareceu-me um passo lógico na direção certa (bem, eu estava bêbado e parecia uma boa ideia no momento!). Então, aí está. Uma história sobre uma tênia. Mas isso não foi o suficiente. Até eu sabia que uma tênia não faria muito de um protagonista relatável. Por isso delineei um conceito de um homem de coração partido, tentando adaptar-se à sua nova solidão, criando um... amigo especial. Todos atingimos um ponto em nossas vidas quando nos sentimos sozinhos no mundo e todos reagimos de forma diferente. Mas todos nós queremos ser amados. poderia querer contato com seus pais, irmãos, filhos ou filhas, gatos ou cães, mas e se você não tivesse absolutamente ninguém a quem alcançar? E então? Talvez o Eli também se tornasse o teu único amigo.

A Equação de Tristan

Quando eu era criança, eu era péssimo em matemática. E ainda sou uma porcaria até hoje. Acho que o legal de ser escritor é que você pode criar personagens que vão superar qualquer obstáculo que você jogue neles, enquanto você observa do conforto do seu sofá ou de uma cadeira. Então eu decidi criar o oposto do meu eu de infância. Um garoto que não só é bom em matemática, mas é a porra de um gênio da matemática! Ah, as alegrias de escrever! Conjugando personagens que se destacam em tudo o que você nunca fez. Perdedor. E foi assim que nasceu o Tristan. Mas mais uma vez, para lhe injetar aquele pequeno trauma humano, ele não se lembra de nada disso! Devido a um acidente, ele perdeu a capacidade de criar novas memórias e está preso neste limbo, sem saber o porquê ou onde ele está. Mais uma vez, eu pessoalmente acho esse tipo de horror realista muito assustador! Já agora, os problemas do Prémio Millennium são reais. O Clay Mathematics Institute está verdadeiramente oferecendo um prêmio de 1 milhão de dólares a quem quer que forneça a solução correta. Gostaria de experimentar?

Amarantina

Alguns anos atrás, eu li um artigo (e você deve se lembrar disso porque não foi há muito tempo) onde livros encadernados em pele humana foram descobertos na Universidade de Harvard. Por alguma razão estranha, minha mente saltou imediatamente para *Necronomicon Ex-Mortis* (Livro dos mortos da franquia *Evil Dead*, mas originalmente uma história da Lovecraft). Como um grande fã da trilogia original, eu decidi prestar homenagem com meu próprio conto! Minha história não invocaria nenhum demônio, vagando pelo bosque. Ao invés disso, ela se concentraria no fator perturbador de encadernar livros em pele humana - pura e simples. Então comecei a pesquisar a bibliopegia antropodérmica. Eu fiquei chocado ao saber que esta coisa era na verdade bastante popular na época (beeeeeeem na época!). Eu criei outro solitário, que herda uma livraria antiga de seu pai. Lutando para manter o negócio vivo (e também ansiando por um símbolo eterno que ele pudesse tocar e *sentir*) ele decide reavivar a tendência antiga. Segue um tema semelhante ao das outras histórias desta coleção. Esta "arte" existia. Talvez ainda exista. Terror realista, lembra-se? Por mais mórbido que pareça, achei que a ideia valia a pena explorar. Estou te dizendo, há muitos esquisitos por aí (por que você está olhando para mim?) que saltariam para a oportunidade! Esqueça a cremação. Esquece as cinzas. Esquece as urnas. Quando chegar a hora, estou planejando em usar a pele do meu pai para atar os meus próprios livros. Ele só não sabe ainda.

O Peregrino errante

Rasputin. Há muitos anos que me fascina esta figura mística, especialmente a sua renomada influência sobre Alexandra Feodorovna (esposa de Nicolau II, o último czar da Rússia). Originalmente escrevi esta peça para o *Flash Masters 2 - um* concurso de ficção em flash organizado pela *Grey Matter Press*. As regras ditaram uma extensão de 250 palavras. Eu tentei e a história ganhou uma categoria "Reader's Choice". Nada mal, né? Mesmo assim, pensei que iria beneficiar de uma pequena expansão. Obviamente, isto não é bem um horror. A reputação do Rasputin incluía um desejo insaciável de poder e devassidão. Por isso, eu fui com essa ideia. Novamente (e você já estará cansado de ouvir isso agora) eu tentei manter o elemento de horror "realista" presente por ter um personagem, que explora sexualmente uma mulher sob hipnose. Perder o controle de nossa própria mente e corpo é uma perspectiva assustadora. Como com as outras histórias, a hipnose é *real*. Agora olhe nos meus olhos...

O Fim Profundo

Tenho muita pouca lembrança deste conto e da inspiração por trás dele. É a minha história menos favorita da coleção. O *Manor House Show* comprou-a e gravou uma versão em áudio que se saiu surpreendentemente bem. Suponho que se eu mergulhar nas profundezas mais profundas da minha memória (viu o que eu fiz ali?), ela foi inspirada por uma *au pair* eslovaca que minha amiga namorou uma vez. Aparentemente, ela estava cheia de histórias divertidas que incluíam lavar os boxers manchados de merda do seu empregador. Como nós rimos. Então eu criei uma au pair chamada Eva, que geme sobre a cultura britânica e a família para a qual ela trabalha. Depois atirei uma criança mimada e ciumenta para a mistura. Desviei a *abordagem* de horror realista nesta (boo!) e incluí uma criatura mitológica chamada *Morgen*. Foi vagamente baseado nas lendas galesas/arthurianas. Os *Morgens* (semelhantes às *sereias* do mito grego) atraem os homens para a morte com sua beleza e visões de jardins subaquáticos, construídos de ouro e prata. É verdade, provavelmente não encontrará um deles numa piscina no seu centro de lazer local - mas pensei que seria divertido tentar de qualquer forma! A minha intenção não era dar muito, pois a aparência de *Morgen* permanece obscura (tudo que os leitores "veem" são fios de cabelo, flutuando no ralo no fundo da piscina). A história tem um final especulativo. Façam disso o que quiserem.

O Bosque dos Eucaliptos

Esta é uma estranha. É vagamente baseado no assassinato de Elyse Pahler. Três rapazes adolescentes atraíram a amiga para o eucaliptal, para andar por aí e fumar erva. Depois enrolaram um cinto em volta do pescoço da menina de 15 anos e esfaquearam-na até à morte. Por que é que cometeram tal atrocidade?

Porque eles eram devotos da banda de heavy metal *Slayer* e acreditavam que precisavam oferecer um "sacrifício" ao Diabo para dar à sua própria banda de garagem a loucura de se tornarem profissionais. Com esta história em particular, eu tive que pisar com muito cuidado por muitas razões. Depois de semanas escrevendo e reescrevendo, eu decidi acabar com ela. Só não consegui encontrar o ângulo certo. Meses depois, tive uma conversa com Lisa Knight (editora da minha primeira coleção, *Moribund Tales*). Ela pediu para ler a história e encorajou-me a reavivá-la. Eu queria deixar claro que os dois rapazes a mataram pela música, mas esse terceiro cara desenvolveu uma sede de sangue (não, não como um vampiro, seu idiota) e não conseguia parar de pensar em matar novamente. No final, ele domina o detetive e murmura: "Temos de limpar a terra." Depois um disparo. Ele disparou sobre o detective ou sobre ele próprio? Ah, isso seria revelador! Como fã da *Slayer*, achei esta história incrivelmente trágica e horripilante. Fez-me especular sobre como a música pode ser influente. Assustador, quando se pensa nisso.

Akona

Akona é o nome do meio da minha parceira. Eu sei o que está pensando, que tipo de idiota retorcido dá o nome da namorada a um bebê e depois deixa uma anaconda gigante comê-la? Sim, esse sou eu. Vendi este ao *The Literary Hatchet* por uma taxa muito razoável (considerando o pequeno comprimento). Aí vem o discurso de horror realista novamente. Anacondas. Criaturas fascinantes e monstruosas, certo? Muito reais. Uma anaconda de tamanho médio pode facilmente matar uma pessoa adulta (por isso os bebês mais pequenos são como pipocas para eles). Minha garota visitou a Costa Rica e explicou tudo sobre as fabulosas criaturas que ela encontrou em sua viagem. Eu escutei com entusiasmo, mas pessoalmente, eu não voaria em nenhum lugar perto da América do Sul (minha mentalidade é parecida com a de Karl Pilkington). Mudei o cenário da história da Costa Rica para o Peru, mas é tudo o mesmo clima na verdade. Quando as pessoas me perguntam se eu gosto de crianças (não dessa forma) eu sempre as aponto para esta história. Estas cobras simplesmente me assustam (talvez porque eu era muito jovem quando vi *a Anaconda* com a J.Lo). Então sim, aí está. Eu dedico esta história a todas as anacondas lá fora (e não, eu não estou falando de picas gigantes - desculpem, senhoras).

A Maré Verde

Outra dessas histórias meio inspiradas por um artigo. Há vários anos, houve um suposto incidente nas praias da Bretanha, onde os turistas foram advertidos contra uma "alga marinha assassina". Aparentemente, era tão venenosa quanto o cianeto e relatou que 28 javalis morreram quando respiraram um gás tóxico, liberado pelas algas que cheiravam mal quando elas se decompuseram. É normalmente encontrado na maioria das praias do norte da França, mas liberta sulfureto de hidrogénio quando entra em contato com resíduos de nitrogénio, que corre para o mar a partir das explorações suinícolas e avícolas. Eles alegaram que um funcionário de uma equipe de limpeza de algas foi envenenado por gás e levado para o hospital em coma. Um biólogo marinho local avisou que este gás era muito tóxico e cheirava a ovos podres. Ele disse que ele ataca o sistema respiratório e pode matar um homem ou um animal em minutos. Acho que já li a coluna no Mail Online, por isso deve ter sido um monte de merda. Mesmo assim, capturou imediatamente a minha atenção e pensei que daria uma história foda. Eu mencionei o horror realista? Sim, algo parecido com isso. Então o tipo, um botânico, traz a sua namorada traidora a esta praia, secretamente planejando a sua morte usando as algas venenosas. Mais uma vez, o final é especulativo. Será que ela vai sobreviver? Será que ela vai morrer? Você decide. Eu consegui vendê-la a *Theme of Absence* por um pagamento simbólico e a história recebeu um feedback positivo. Não da minha namorada, no entanto. Por alguma razão, ela não gostou muito dessa.

Alfinetes e Agulhas

Anos atrás, quando eu ainda estava estudando escrita criativa, eu escrevi um conto intitulado *A Fábrica de Agulhas* para uma das minhas tarefas. Para ser honesto contigo, nunca gostei. As dinâmicas estavam todas erradas, por isso, acabei com ela. Eu não tinha intenção de publicar esta história...nunca. Mas quando decidi juntar a coleção, passei por todas aquelas pilhas de papel escondidas e esquecidas, enterradas no fundo da gaveta. E lá estava ela a olhar para trás, a gozar comigo. Voltei a lê-lo... e detestei-o ainda mais. Havia uma faísca lá em algum lugar, mas colocá-la em forma seria extremamente difícil. Eu gemi, sem saber o que fazer com ela. Por sorte, minha amiga Karen Runge (uma autora de horror) veio em socorro. Ela leu-o e deu-me algum feedback. Eu rasguei a história e fiz uma reescrita completa. Como se suspeitava, foi um trabalho muito duro! O enredo é bastante controverso, sendo obviamente o racismo o ingrediente principal. Mas mesmo assim, é também uma boa e antiquada história de vodu e espero que as pessoas gostem dela pelo que é. Mais uma vez, eu me desviei do tema do horror realista com este. Mas os bonecos vodu (e toda a filosofia por trás deles) intrigaram-me durante anos, por isso tinha de ser feito.

SOBRE O AUTOR

Erik Hofstatter é um escritor de terror barato e membro da Associação de Escritores de Terror. Ele mora em um belo e sereno Jardim da Inglaterra, onde ele pode ser encontrado consumindo copiosas quantidades de hidromel e tiranizando o campesinato local. Seu trabalho apareceu em várias revistas e podcasts ao redor do mundo, como Morpheus Tales, The Literary Hatchet, Sanitarium Magazine, Wicked Library, Tales to Terrify e Manor House Show. Raças Raras" deve ser publicado em março de 2016 pela KnightWatch Press.

Você pode saber mais sobre Erik e seus escritos em www.erikhofstatter.net

Ou siga-o no Twitter @ErikHofstatter

e Facebook em www.facebook.com/erikhofstatter

Amarantina E Outras Histórias
ISBN: 978-4-82411-161-6
Livro de Bolso

Publicado por
Next Chapter
1-60-20 Minami-Otsuka
170-0005 Toshima-Ku, Tokyo
+818035793528

23 outubro 2021

www.ingramcontent.com/pod-product-compliance
Lightning Source LLC
La Vergne TN
LVHW031240190726
843491LV00012B/3059